LA GRANDE ROUE

DU MÊME AUTEUR

Chambre, 442, Jacques André Éditeur, 2008.
Noa, de l'autre côté, Balivernes, 2010.
À l'endroit où elles naissent, Les Nouveaux Auteurs, 2012 ; Pocket, 2012.
Sang tsigane, Les Nouveaux Auteurs, 2013 ; *Un jour, il y aura autre chose que le jour* (nouveau titre), Pocket, 2018.
Quand je serai grande, je serai vieille, Flammarion, 2015.
Même les pêcheurs ont le mal de mer (Prix Rosine Perrier), Les Escales, 2016 ; Pocket, 2017.

[https://www.ateliers-ecriture.net/]
[http://dianepeylin.wixsite.com/dianepeylin]

Diane Peylin

LA GRANDE ROUE

Roman

LES ESCALES
DOMAINE FRANÇAIS

La Grande Roue (*The Black Ferris*) est le titre d'une nouvelle inédite de Ray Bradbury, publiée en 1948 et hors-commerce.

12, avenue d'Italie
75013 Paris – France
Courriel : contact@lesescales.fr
Internet : www.lesescales.fr

ISBN : 978-2-36569-352-3
Dépôt légal : janvier 2018

Imprimé en France

Couverture : Hokus Pokus Créations
Mise en pages : Nord Compo

Pour Elles

« En se réveillant un matin après des rêves agités, Gregor Samsa se retrouva, dans son lit, métamorphosé en un monstrueux insecte. [...]
Qu'est-ce qui m'est arrivé ? pensa-t-il. Ce n'était pas un rêve. »

Franz Kafka, *La Métamorphose*

TESS

Elle n'a pas vu le jour. La nuit est déjà là. C'est étrange cette lumière. D'une ville la nuit. Artificielle et blanche, elle éblouit plus que le soleil. C'est ce qu'elle offre, cette parenthèse entre deux mondes, entre deux vies, entre le crépuscule et l'aube, cette attente du jour prochain, du lendemain, cette possibilité du noir complet, du rien, qui fait que la nuit brille autant. Sa robe, impénétrable, son style, empreint de mystère, son âme, peuplée de chimères, irradient.

Une femme marche dans la nuit. Ou peut-être avance-t-elle dans les ténèbres. Mais elle ne se pose pas la question. Ce n'est pas le moment.

EMMA

Août 1986

Emma est en vacances scolaires. Elle a dix-neuf ans. Elle aime le mascara, aller au cinéma, la frangipane, poser des mots dans ses carnets, faire du trampoline, boire du gin tonic avec une paille, se transformer en étoile de mer quand les vagues s'apaisent, les tableaux de Klimt, mettre en miettes les spéculoos, le regard de Jack Nicholson, faire des tas de dessins dans ses carnets, *Don't stop me now* de Queen, s'évader loin de sa maison, imaginer les gens tout nus, s'endormir avec la lumière.

DAVID

C'est tout autour de la voiture que la montagne surgit. Comme une apparition, elle dessine maintenant des courbes et des vallons. Il n'y a plus de lignes droites. Plus d'horizon.

NATHAN

Nathan est assis sur une chaise en plastique vert et fait face à Field assis dans son vieux fauteuil en cuir.

TESS

Les escarpins râpent le béton. Le pas est bancal. Les jambes de coton. Le trottoir indique un couloir clair qu'il faut suivre. Les talons claquent sur lui. L'éprouvent.

Elle a du mal à tenir l'équilibre. Elle titube comme si elle était soûle. Mais son ivresse n'a rien à voir avec l'alcool. Sa marche décalée, ses pieds maladroits, son regard glauque, sa tête qui balance, ses mains qui tremblent, c'est autre chose.

Elle porte un long manteau, trop grand pour elle, ouvert sur une robe, trop petite pour elle. Le manteau est noir, la robe est rouge. Comme son bonnet est noir et ses lèvres sont rouges. Elle passe devant les vitrines éclairées. Les boutiques sont fermées, il est tard. Seuls les restaurants et les bars ont les portes qui s'ouvrent et se ferment. Elle pourrait entrer dans l'un d'eux pour se réchauffer. Se mettre contre le comptoir chaud, commander un verre de rhum et le boire cul sec pour qu'il la brûle de l'intérieur. Elle pourrait se réfugier dans cette masse de gens et capter leur chaleur. Elle pourrait quitter cette rue humide et glaciale. Mais elle avance.

Sa tête se baisse et se redresse. Se baisse et se redresse. Les autres personnes sur la chaussée, nombreuses et pressées, ne la voient pas vraiment. Elles devinent sa silhouette étrange mais préfèrent ne pas la voir. Parce qu'elle a caché ses yeux derrière ses longs cheveux en bataille qui lui mangent le visage. Ou parce qu'elle a l'air d'une paumée et que les gens en général n'aiment pas ceux qui ne savent pas où ils vont. Et c'est vrai qu'elle ne sait pas où elle va. Cela fait des heures maintenant qu'elle passe d'une rue à une autre, d'un réverbère à un autre. Elle ignore la pluie fine qui fait briller les bancs, le petit vent qui fait gonfler son manteau et l'ouvre comme une cape, le froid qui s'immisce par les trous de ses bas filés. Les autres ne la voient pas et pourtant elle prend toute la place. Cette femme qui erre est une beauté. Sublimée par sa détresse, elle est d'une élégance rare. Peut-être est-ce ça qui les dérange, les autres, ceux qui marchent droit, avec leurs vestes boutonnées, leurs chapeaux vissés, leurs parapluies, leurs écharpes nouées, leurs gants, leurs sacs, leurs rendez-vous. Son dénuement, si beau, les nargue. Ils préfèrent l'ignorer.

À l'angle d'une rue, elle s'arrête. Une grande fille tient par la main un petit garçon pour le guider entre les feux, les klaxons et les passages piétons. Elle les observe jusqu'à ce qu'ils disparaissent derrière un autobus. Puis elle les cherche du regard un moment. Elle aimerait les appeler mais elle ne se souvient plus de leurs prénoms. Et puis, au bout de quelques secondes, elle se dit que ce ne sont peut-être pas les siens. D'enfants. Pas les siens. Oui, c'est sûr. Peut-être que les siens sont plus grands, qu'ils boivent et qu'ils fument. Sûrement. D'ailleurs, elle se rappelle qu'elle fume et elle a très envie d'une cigarette. Elle fouille dans les poches de son grand manteau et en sort un paquet de Camel. Elle en prend une qu'elle cale entre ses lèvres qui tremblent. Elle cherche du feu qu'elle ne trouve pas et arrête un premier passant. Qui fuit. Puis un deuxième. Et un troisième qui allume enfin sa cigarette. Elle tire fort sur sa Camel. Elle aspire une grande bouffée, se remplit de toute cette fumée, prend à peine le temps de l'expirer qu'elle inspire une nouvelle taffe. La cigarette se consume vite alors elle en cherche une seconde pour l'allumer avec la première. De sa poche, elle sort une ribambelle de photos. Quatre photos d'identité. Elle les regarde un moment. Puis cherche son reflet dans le rétroviseur de la voiture garée là. C'est bien elle. En moins sale, en moins transparente, en moins triste, mais elle. Elle les retourne et lit trois mots : TESS. TESS. TESS.

— Tess, murmure-t-elle.

Elle relit les lettres.

— Je m'appelle Tess.

EMMA

18 août 1986

Emma a dîné avec ses parents. Ils ont mangé dans la véranda parce que sur la terrasse il y avait un courant d'air que son père n'aimait pas. Comme d'habitude ils ont peu discuté. Son père a beaucoup parlé. Sa mère aussi. Et le présentateur du journal télévisé aussi. Même le chien. Beaucoup de voix pour faire du bruit. Des mots pour personne. Et Emma n'a rien écouté. Elle n'a rien vu non plus. Assise à sa place attitrée, entre le profil de sa mère et le profil de son père, elle a ignoré leur face-à-face. Elle a fait des miettes avec son quignon et s'est rongé les ongles. Elle n'a pas voulu de fromage. Pas de dessert non plus. Elle a observé le riz au lait un moment puis elle s'est levée de table, débarrassant son assiette, le sel et le poivre. Elle est allée dans la salle de bains se remettre un peu de poudre sur les paupières. Dans sa chambre, elle s'est allongée quelques minutes sur le lit avec son walkman. Elle a écouté *Forever Young* d'Alphaville. Elle a ôté ses écouteurs parce qu'elle a cru entendre le téléphone sonner. Elle les a remis et a enchaîné avec *Big In Japan.* Elle a attendu le coup de fil de Martin un moment puis s'est finalement décidée à y aller. Elle a cherché son blouson en jean quelques minutes, celui avec la poche déchirée. Elle l'a finalement trouvé sous son bureau entre la corbeille et un tas de tee-shirts froissés. Emma l'a enfilé puis est retournée dans la véranda pour dire à ses parents qu'elle y allait. Ils ne lui ont rien demandé. Ni avec qui elle sortait ni à quelle heure elle rentrait.

Emma est maintenant devant le stand et n'écoute pas la vendeuse qui s'agite avec sa voix aiguë. Elle regarde les gaufres, les pommes d'amour, les churros, les crêpes, les barbes à papa puis de nouveau les pommes d'amour. Et elle commence à chanter dans sa tête comme à chaque fois qu'elle ne sait pas se décider. *Am, stram, gram.* Ça lui arrive souvent de ne pas savoir que choisir. Elle veut tout. Emma n'est jamais rassasiée. *Pic et pic et colégram.* Dans les magasins, elle achète en général deux ou trois exemplaires du même modèle. Le soutien-gorge en bleu, le soutien-gorge en rouge et le soutien-gorge en noir. Parce qu'il est parfait en bleu, parfait en rouge et parfait en noir. *Bour et bour et ratatam.* Elle fait pareil pour les écharpes, les jupes, les sacs, les films au cinéma, les stations de radio. *Am, stram, gram.* Souvent elle est obligée de recommencer plusieurs fois la comptine parce que le dilemme est trop grand. Elle veut les deux, les trois, les quatre, le choix est impossible et le dénouement frustrant. *Pic et pic et colégram.* La gaufre au sucre. *Bour et bour et ratatam.* Les churros. *Am, stram, gram.*

— Une barbe à papa pour la demoiselle, lance une voix grave derrière elle.

Emma se retourne. Voit le visage de l'homme. Se retourne. Et fixe la vendeuse. Cette dernière lui tend une barbe à papa. Et, tout en se demandant qui est celui qui vient de décider pour elle, Emma commence à la manger, les claques du rouge sur ses pommettes.

La main de l'inconnu tend la monnaie à la vendeuse qui le remercie en souriant. Sa main est belle. Elle est large, épaisse, avec une peau lisse et des ongles blancs. Puis le temps s'arrête. La vendeuse les quitte pour rejoindre sa pâte à crêpes et il ne reste plus qu'elle, immobile et la confiserie sur le bout du nez, et lui, immobile et son regard perdu dans la chevelure de la petite femme rousse.

— Vous êtes une poupée ?

Elle ne répond pas.

— Vous aimez les fêtes foraines ?

Elle ne répond toujours pas.

— Prenez mon bras, je vais vous emmener voir la Grande Roue.

Elle ne répond toujours pas, se retourne, prend son bras et commence à marcher à ses côtés. Dans sa tête, la chanson *Forever Young*. Elle garde les yeux baissés et, après son visage et ses mains, découvre ses souliers. À ses pieds, des chaussures en cuir marron à lacets. Il porte un jean foncé aux ourlets vite faits. Sa démarche est fluide. Détendue. Elle sent qu'il la regarde. Qu'il la fixe et elle n'ose plus tourner la tête vers lui. Elle se dit qu'en revoyant son visage elle pourrait être déçue car elle attend tellement de lui maintenant qu'elle a découvert ses mains, sa voix, ses souliers et son jean. Elle se dit qu'elle a peur de ses yeux rencontrant les siens car tout à l'heure elle ne les a pas vus. Elle a peur que son regard soit la goutte d'eau qui fasse déborder le sang de ses artères et explose son cœur. Elle le sent qui palpite et elle a peur qu'il se fasse la malle. Si son cœur s'emballe et se répand dans son thorax, dans son ventre et dans sa tête, elle ne pourra plus faire l'ingénue devant les crêpes et les pommes d'amour.

Elle ne peut plus avancer car la Grande Roue est maintenant devant eux. Alors elle lève la tête et la regarde pour tenter de faire diversion. Mais ce visage à ses côtés l'appelle. Elle a comme un aimant gigantesque sur toute sa joue droite attiré par celui que l'homme doit cacher dans sa chevelure, derrière sa paupière gauche ou sous sa moustache s'il a une moustache. Une moustache ? Ça non plus, elle ne s'en souvient pas.

Et puis le jour s'en va, et la nuit sans soleil entraîne l'illumination des centaines d'ampoules qui habillent le manège qui tourne et qui danse. C'est beau. Emma est fascinée par cette féerie et n'a pas fini sa barbe à papa. Une excuse, des dizaines d'excuses pour ne pas tourner la tête.

— Quand la Grande Roue se mettra à clignoter vous me regarderez, dit la voix.

Emma se fige un peu plus. Est-ce une injonction ? Une prophétie ? Un souhait ? La voix ne pourrait se permettre de lui ordonner quoi que ce soit. Elle est trop douce et empreinte de bonnes manières. Emma aimerait que ce soit une prophétie. Car elle aime la magie et les sourires qui l'accompagnent. Elle croit au lapin dans le chapeau, à la femme coupée en deux et aux colombes blanches dans le mouchoir blanc. La dernière fois qu'elle a rencontré un prestidigitateur elle s'est réfugiée dans la grande boîte à la fin du spectacle. Il n'a rien vu, elle ne lui a rien demandé, ne lui a pas dit « S'il vous plaît, coupez-moi en deux », non, elle s'est contentée de rester dans le cube noir de longues minutes, de s'imaginer disparaître de la scène pour se retrouver en haut de l'Empire State Building pour finalement revenir dans la boîte, de savourer cette sensation quasi mystique et de sortir aussi discrètement qu'elle était entrée. Le magicien ne l'a pas vue. Emma repense à l'Empire State Building quand la Grande Roue se met à clignoter. Et, docile, elle sent les vis dans son cou qui vacillent, l'aimant sur sa joue qui amplifie son attraction et sa tête qui tourne.

Face à elle, son visage. Le visage de ces mains, de cette voix, de ces souliers, de ce jean, de cette odeur ne porte pas de moustache, il a la peau lisse, le nez large, la bouche faite pour sucer, lécher et embrasser, l'arcade accidentée, le front sérieux et les yeux perçants. Verts.

Emma ne dit toujours rien mais, comme elle l'avait prédit devant la crêpière, elle sent son cœur qui se libère et qui se met à galoper dans son corps de poupée rousse, secouant sa chair, malmenant ses viscères, foudroyant son cerveau, caressant sa peau et cherchant son sexe.

DAVID

La voiture s'essouffle. La côte est raide et sinueuse. Le bitume rongé et troué. Ce n'est jamais la bonne vitesse et il faut rétrograder sans cesse. Le serpent d'asphalte n'en finit pas de longer les pentes sauvages. La route est suspendue aux parois granitiques et le panorama est à couper le souffle. Les montagnes se suivent, maquillées des rouges, jaunes et orange de l'automne. Le vent souffle et les feuilles rouillées virevoltent entre les chênes et les châtaigniers, animées par un marionnettiste invisible qui n'en finit pas de les faire danser.

La route est déserte et la voiture avance, seule. La douceur de la vallée est maintenant loin derrière.

Ici, tout est immense. Ici, il faut être humble. S'adapter à la nature et aux éléments. L'inverse est impossible. Ridicule. Insensé.

La côte n'en finit pas. Tortueuse et infatigable. Et la voiture avance. La voiture avec un corps dedans. Un corps qui ne sait plus très bien où est son âme. Un corps installé à la place du chauffeur, cramponné au volant, scrutant la montagne hostile, serrant les mâchoires, essayant d'y voir. D'y voir là, juste devant, pour savoir de quel côté braquer. Mais essayant aussi d'y voir plus clair tout simplement. De comprendre ce qu'il fait là dans ce décor surréaliste, dans cette Golf noire, dans cette peau.

Le brouillard qui n'était que quelques nuages de fumée il y a seulement cinq kilomètres commence à s'épaissir. Il gribouille la rouille. Efface les lignes et les courbes. Le relief disparaît. Il ne reste plus qu'un peu du noir de la route et un gros nuage blanc. Devant, derrière, en haut, en bas. Par-delà cette chape de coton il y a les ruisseaux, les précipices, les fougères oxydées, les piquets, les bogues, les forêts, les genêts sans fleurs, les cols près des cieux, mais la brume opaque les a effacés. Confortant l'âme errante dans sa perte. De repères. De sens. D'identité.

Les minutes sont longues. Et le corps dans l'habitacle de plus en plus crispé. Les doigts, agrippés au plastique, ne font plus qu'un avec lui. Le corps respire peu. Parfois une grande inspiration vient libérer le thorax, puis c'est de nouveau l'immobilité. Le souffle retenu, oublié, parce que le rideau blanc asphyxie, parce que l'asphalte est trop sombre, parce que ces ongles au bout de ces mains on ne sait pas à qui ça appartient, parce qu'on ne sait pas d'où on vient. Où on va.

Dans la voiture, il n'y a plus d'air. Le chauffeur doit ouvrir la vitre malgré le froid qui brûle. Il inspire la glace et la recrache. Sa trachée se fige. Pique. Irradie. Il remonte la fenêtre tout en faisant des écarts sur la route. La voiture slalome entre les lignes qu'on ne voit plus, frôlant parfois le ravin que le coton rend invisible. Le chauffeur somnambule continue de percer la ouate. Insomniaque, il ne compte plus les secondes qui deviennent des heures et il garde le regard braqué sur l'avant du véhicule. Rester là. Dans cet espace-temps immédiat. Où la minute d'avant n'est plus et la minute d'après n'est pas. Maintenant. Un corps dans une voiture noire sur un lacet de goudron couvert de plumes. Blanches. Tout ce duvet autour, c'est réconfortant et en même temps...

L'air manque à nouveau. Le thorax se rétrécit et le corps se contracte. Ouvrir la vitre. La glace qui brûle. Fermer la vitre. Zigzaguer. Recommencer. Regard braqué. Puis nouvelle asphyxie. Ouvrir vitre. Glace brûlante. Fermer vitre. Zigzag. Recommencer. Regard. Asphyxie. Vitre. Glace. Zigzag.

Puis le rideau opaque se lève d'un coup. Ou plutôt, la fin de l'ascension délivre. La route sinueuse a conduit la voiture en haut du col, lui permettant de sortir de son apnée. Perçant la brume, le véhicule a fait surface et roule maintenant au-dessus de la mer de nuages. L'air est encore plus froid mais le soleil jaune dans le ciel bleu, les feuilles rouges, la bruyère rose et les sapins verts le réchauffent artificiellement. L'espace renoue avec ses perspectives, permettant à ses lignes de retrouver l'horizon.

Le corps dans l'habitacle se détend. Le volant n'est plus lacéré par les mains crispées. Les poumons retrouvent la place qui leur manquait pour respirer. Le regard du conducteur n'est plus figé et peut maintenant se perdre au-delà de l'asphalte. S'évanouir dans l'immensité. C'est ce que l'âme dans le corps ressent. Cette immensité multicolore qui fracasse l'enfermement blanc soulage. Pourtant, malgré le relief et ses couleurs, le corps se sent toujours aussi vide.

Creux. Errant. Où est le cœur ? Où sont les souvenirs ? D'où vient cette cicatrice ?

La voiture noire continue de rouler. Elle suit un panneau. Puis un autre, plus petit. Puis un autre. Toujours aucun véhicule en face. Le cerveau demande au corps de braquer à droite. Puis encore à droite. Toujours à droite. Puis une fois à gauche. Et, au détour d'un virage, une église et quelques maisons surgissent. Des murs de pierre le long du chemin. Et le dernier panneau : MEYRA. C'est ici que la route s'arrête.

NATHAN

— Tu ne me crois pas, c'est ça ?
— Je ne sais pas.
— Tu penses que je délire, que je perds la tête ?
— Je ne sais pas.
— Eh bien moi, je sais. Je continue. On continue.

TESS

Tess ne reconnaît rien ici. Ni le nom des rues, ni les bars, ni les visages. Dans la nuit, tout est un peu vaporeux. Aveuglée par les néons qui déchirent la pénombre, la belle à la robe rouge poursuit son errance au milieu de la foule. Elle a l'impression de marcher à contre-sens mais sur le trottoir il n'y a pas de sens. Les gens vont et viennent, dans un désordre minuté, d'un point A à un point B. Comme si tout était là, dans ce point A et ce point B. Tess sent sa gorge se serrer. Une question lui bloque la trachée. Une question épaisse, lourde et indigeste, entraînant un tourbillon de questions.

Que fait-on lorsqu'on n'a que le point A ? Que le point B ? Ou ni le point A ni le point B ? Quelles solutions ? Ne cesser de marcher vers l'horizon ou bien tourner en rond ? Deux cycles infinis et épuisants. Où la raison n'est plus. Un peu de folie ? Oui, pourquoi pas. Tout saupoudrer de folie pour que cessent les interrogations et que l'errance soit supportable. Faire un pas après l'autre.

Tess fait un pas après l'autre et ses talons parfois claquent et parfois raclent le sol. Dans les poches du grand manteau, des cigarettes, les photos d'identité, mais aussi quelques billets. Tess s'arrête devant un stand au coin d'une rue. Elle regarde l'ardoise plaquée contre la carriole et montre au gars en tablier la deuxième ligne.

— Un vin chaud ?

Tess confirme d'un hochement de tête. L'homme, très vieux et très blanc, la regarde avec un grand sourire. C'est étrange ces yeux posés sur elle. Depuis quelques heures, elle a l'impression que tout la transperce et lui passe au travers. Alors cet homme sans âge qui plante ses pupilles dans les siennes, c'est étrange. Mal à l'aise, elle ferme les paupières.

— Je vous dérange ? murmure-t-il.

Tess ne répond pas.

— Oui, je vois bien que je vous dérange. Mais ce n'est pas mon intention, croyez-moi. Je suis là pour vous donner ce gobelet fumant, qu'il vous réchauffe dedans. C'est tout, pas de quoi vous troubler.

Tess écoute mais ne bouge pas. Elle ne prend même pas le verre qu'il lui tend.

— Le pourquoi de votre présence ici, dans cet état, m'importe peu. Enfin si, mais je n'ai rien à en dire.

Tess sent que ses mots la pincent et lui font mal.

— Malgré mes paroles et mes regards pour vous, je suis comme ces autres pantins qui défilent. Je suis impuissant.

Tess comprend des bribes, en laisse s'échapper d'autres, elle relève les yeux, tend la main et prend ce que l'homme derrière ce stand peut lui donner, une boisson chaude et alcoolisée. Elle boit une première gorgée, une autre encore.

— Ça fait du bien ?

Tess acquiesce en silence.

— Vous aurez un peu moins froid maintenant.

Tess tend son billet. Le baratineur lui fait signe de le garder.

— C'est pour moi. Chaque soir, j'offre un verre à un passant de la nuit. Aujourd'hui, il est pour vous.

Aujourd'hui... Tess aimerait en savoir plus sur aujourd'hui. Elle aimerait que le vendeur développe. Lui dise le jour et l'heure, lui raconte les dernières nouvelles, lui donne une idée du point A et du point B.

Tess repart sur ses talons, avec le gobelet fumant, elle boit de toutes petites gorgées pour savourer le courant chaud dans son corps glacé.

EMMA

25 août 1986

Ils n'ont pas de matelas. Ni de draps. Des serviettes étalées sur le sable mouvant et leurs corps nus au-dessus. Et encore au-dessus, les branches du micocoulier. Et encore au-dessus le ciel d'été, sans lune et gavé d'étoiles, scintillantes et filantes. Emma n'a jamais eu aussi chaud. Son épiderme n'en finit pas d'éclore. Les mains de l'homme qui s'appelle Marc l'explorent de partout. Ses cheveux, ses oreilles, ses joues, sa nuque, ses épaules, ses aisselles, ses coudes, ses poignets, ses paumes, ses doigts, ses seins, ses hanches, son nombril, son dos, ses fesses, ses cuisses, son pubis, ses lèvres, son clitoris, ses genoux, ses mollets, ses chevilles, ses talons, ses orteils, il caresse tout. Elle veut le toucher à son tour mais il refuse.

— Ma poupée ne bouge pas. Pas encore…

Immobile, Emma, docile poupée rousse, savoure ses doigts de mâle sur sa peau de femelle. Ses respirations sont de plus en plus fortes. Ses inspirations se transforment en gémissements et ses expirations en râles. L'homme est troublé par le souffle animal d'Emma. Il n'a jamais connu de poupée sauvage. Il est déstabilisé quelques secondes puis se laisse embarquer parce qu'il aime ça, ces palpitations, ces contractions et ce chant haletant à la limite du grognement.

Marc découvre les poils de son sexe et la chaleur de sa vulve. Emma se cambre puis, complètement possédée par le désir, s'empare de l'homme gigantesque. Elle l'empoigne de ses petites mains et le bouscule et le bascule. Marc se laisse faire. Il regarde la poupée rousse maintenant assise à califourchon sur lui et il sourit. C'est un ange.

— Mangez-moi, jolie poupée rousse. Mangez-moi...

Cela fait une semaine qu'Emma a croisé le regard de Marc. Elle ne voulait pas céder tout de suite. Elle voulait résister pour le faire languir et languir. Elle voulait ne pas l'embrasser, ne pas le déshabiller, ne pas se dévoiler. Mais leurs aimants étaient trop puissants. Indomptables. Après la Grande Roue, il lui a pris la main et l'a emmenée loin des forains. Près des dunes. Là où les vagues s'enroulent et se déroulent. Emma a ôté ses sandales et s'est avancée dans la mer pour sentir les rouleaux de sable et d'eau titiller ses pieds. Elle a tourné le dos à l'horizon pour être face à l'homme, éclairé par un bout de lune et les lumières de la fête. Elle a commencé par défaire son chignon et ses cheveux orange se sont transformés en crinière. Elle a ensuite déboutonné sa robe. Tout doucement. Bouton après bouton. Pour que derrière le tissu naisse la peau. Une peau blanche, quasi phosphorescente dans la nuit. Puis la robe est tombée à ses pieds, dans l'eau salée. Marc est resté immobile à la contempler. Déesse d'opale aux dessous noirs. Elle a poursuivi son effeuillage. Le soutien-gorge rejoignant la mer et dévoilant deux seins parfaitement ronds à l'aréole large et rose. Puis sa culotte le long de ses jambes galbées pour se perdre elle aussi dans les vagues.

Emma s'est retrouvée nue face à cet inconnu. Nue dans la nuit avec la rumeur de la valse musette et des attractions. Nue. Et a attendu.

Marc s'est approché tout près. De plus en plus près. Lui a donné un premier baiser. Du bout des lèvres. À peine humide. Sans autre contact que sa bouche contre la sienne. Ce fut un baiser électrique. Décharge d'adrénaline. Vertige appelant la faim et la soif. Secousses, picotements, tremblements parcourant les deux corps.

Emma s'est jetée sur lui. Littéralement. De telle façon que son poids de plume a fait basculer le colosse. Une fois à terre, elle a déshabillé l'homme. Puis elle s'est emparée de sa bouche ouvrant grand la sienne. Et elle a plongé sa langue.

— Mangez-moi, jolie poupée rousse. Mangez-moi…

Ce soir, ils sont de retour sur le sable, comme tous les soirs depuis la Grande Roue. Et Emma mange Marc, comme tous les soirs depuis la Grande Roue.

DAVID

Une fois la Golf devant l'église, le moteur s'arrête. La nuit tombe sur la minuscule place déserte.

Le corps dans la voiture fixe la tête sculptée de la fontaine. Ses yeux brillent dans les phares. Le chauffeur aimerait se figer là. Comme elle. Instantanément. Et ne plus avoir à penser. À chercher. À faire semblant. Il aimerait que son sang se glace et que sa peau, son cerveau, ses muscles ne soient plus que des os, paralysés et incapables du moindre mouvement. Mais il se met à trembler. La fatigue, la peur, le froid. Alors il éteint les phares, attrape le sac à dos sur le siège passager, sort du véhicule et claque la portière.

Ses pas sont lents. Sa silhouette recroquevillée. Le village est minuscule mais il se perd quand même dans les ruelles pavées, sous les porches, dans les calades. Il passe deux fois devant la pension sans la voir. Et, au bout d'un moment, finit par comprendre que c'est ici qu'il passera la nuit.

Il frappe. Il entend les cliquetis de la gouttière, les miaulements de quelques chats, les feuilles qui frottent les dalles sous le souffle du vent, le couinement d'un volet, mais à l'intérieur, rien. Il frappe encore. Un grincement, enfin, comme une chaise que l'on tire. Puis des pas. Lents. Le visiteur piétine, tape ses chaussures contre le sol pour réveiller ses pieds, frotte ses mains l'une contre l'autre, les porte à sa bouche pour les réchauffer avec l'air chaud de ses poumons. Le bruit des pas est maintenant plus fort et les verrous claquent et la porte s'ouvre. Une vieille dame, minuscule, recourbée, emmitouflée dans un châle gris, un chignon blanc planté sur sa petite tête fripée, le regard bleu perçant et la bouche encombrée de fausses dents, s'étonne :

— Vous n'aviez pas réservé ?

Sans attendre de réponse, elle poursuit :

— Ce n'est pas grave. Entrez, venez vous mettre au chaud.

Le hall est aussi gelé que la rue. La vieille l'invite dans la pièce adjacente, celle où le feu brûle. Il y a une cheminée immense, une commode sombre couverte de cadres, de figurines, de fleurs séchées et de récipients. Une grande table en bois massif et deux bancs occupent le centre. Dans un coin de la salle, sur un guéridon, un téléphone entouré de tas de papiers froissés. Il y a aussi des feuilles posées çà et là sur la grande table.

— Asseyez-vous. Je vais vous servir une tisane bien chaude. Vous aimez la tisane ?

Le visiteur ne répond pas. Car il a du mal à comprendre les mots de la vieille. Le brouillard des montagnes est encore à traîner dans le labyrinthe de son cerveau, rendant tout un peu flou et obscur. Mais il le sent qui s'évapore. Qui le libère. Bientôt, il y verra plus clair.

— Du thym avec du miel. Du miel de lavande, c'est mon neveu qui fait ça. Il a quelques ruches. Il est très bon le miel. Buvez bien chaud.

Le visiteur boit bien chaud et se brûle les lèvres.

— Je vais remplir le registre, comme ça ce sera fait. Vous pensez rester combien de temps ?

— Je ne sais pas.

— Pas de problème. La saison des champignons est terminée, c'est plus calme en ce moment, on peut improviser. Donc... Arrivée, le 4 novembre 2016. Votre nom ?

Le visiteur boit mais ne répond pas. Il est dans un état second. Vaporeux. Ses yeux quittent ceux de la vieille et se perdent dans la pièce. La commode, la cheminée, les tableaux sur les murs, les rideaux lourds, la table couverte d'enveloppes, de stylos, de trombones, de journaux, de cartes, de listes, de carnets, de feuilles griffonnées. Le visiteur observe sa tasse, retrouve le regard bleu de la vieille et répond :

— David Bresson.

— David... Bresson. Bresson, Bresson, ça me dit quelque chose... Mais oui ! David Bresson, c'est vous qu'Éric a embauché pour l'aider à la ferme. Eh bien je dois dire qu'il ne vous attendait plus. Il était persuadé que vous aviez pris du travail ailleurs. Bon, vous êtes là finalement, il va être content. Vous avez trouvé facilement ?

— Oui.

— Parce que vous savez beaucoup de gens se perdent par ici. C'est un peu le bout du monde. Vous êtes bien disponible pour les six prochains mois ?

— Oui.

— Parce que vous comprenez, mon neveu a besoin de quelqu'un de fiable. Il a beaucoup de travail et les aides passent mais ne restent pas. Vous allez rester, n'est-ce pas ?

— Oui.

— Bon, comme il vous l'avait dit, je peux vous loger. C'est petit mais pour du dépannage c'est pas mal. Vous êtes seul de toute façon ?

— Oui.

— Vous n'avez pas d'autres bagages ? Seulement ce sac à dos ?

— Oui.

— Eh bien vous n'êtes pas bavard. La fatigue sûrement. Allez, je vous montre votre chambre !

La porte se referme. David reste un moment debout. Il observe la tapisserie surchargée de fleurs, le couvre-lit délavé, la lampe de chevet et ses pompons, Jésus sur sa croix, le fauteuil de velours vert, la petite table avec le pot à crayons, les plinthes, le lustre en macramé, le tableau avec la cascade, le givre sur les carreaux, le radiateur. Puis David tombe sur le lit. Il s'effondre. S'écroule. Son interminable voyage l'a épuisé. Il va se poser là quelque temps. Six mois, c'est bien. Il va pouvoir se ressourcer. Se retrouver. Remettre de la chair dans le corps. Des artères dans la chair. Du sang dans les artères. Des images dans son cerveau.

NATHAN

— Il va falloir que tu sois plus coopératif, dit le commissaire Field, le nez dans ses dossiers.

Il ne regarde pas Nathan. Il est fatigué et boit beaucoup de café. Il n'a pas dormi la nuit dernière, ça fait quatre fois qu'il le répète à Nathan, tout en froissant le papier. Il ouvre et ferme le dossier, aligne des photos qu'il empile ensuite, annote des pages qu'il a déjà annotées, se gratte l'oreille, fait quelques ratures et pose une nouvelle question.

Ça fait plus de vingt ans que Field mène des interrogatoires dans ce bureau. La pièce a d'ailleurs une étrange acoustique. Ses murs n'appréhendent pas les mots de la même manière que dans une pièce classique. Ici, il y a comme un écho permanent. Qui amplifie et densifie les phrases. Quand on se parle dans cette pièce, il y a une tension, impalpable mais réelle. Et les gens, les gens qui passent par là, ou plutôt qui sont là parce qu'ici on ne passe pas, les gens assis sur la chaise verte récupérée à la terrasse d'un bistrot, les gens qui lui font face le cul dans le plastique froid, ils sentent cette tension. Les points d'interrogation sonnent d'une drôle de façon ici et le jeu des questions-réponses n'est pas le même que dehors. Ici l'interrogation est interrogatoire et ça change tout. Surtout, il y a Field de l'autre côté du bureau. Homme taiseux aux sourcils sombres et au sourire absent. Il plante ses yeux dans le regard de celui qui lui fait face et ne le lâche pas. Entre deux cillements, il place ses phrases, courtes, directes et efficaces. Et il attend. Il entend. Les silences, les raclements prisonniers de la trachée, les bruits de la salive coupable, les silences encore. Puis il relance. Durant des heures. Toute une nuit. Plusieurs nuits s'il le faut. Et celui d'en face, le cul dans le plastique vert, finit par répondre.

Dans le bureau de Field, aucune échappatoire. Ici, tout le monde le sait. Son bureau est sacré. Les jeunes recrues n'osent pas y aller et les anciens qui sont ici chez eux n'entrent jamais sans frapper. Ce n'est pas de la crainte, c'est du respect.

Field est un ours blessé, usé par la vie. Un commissaire droit et rigoureux qui ne compte pas ses heures et se mouille pour ses collègues. Il pourrait mourir pour eux. Il y a dix ans, il a pris trois balles destinées à un lieutenant.

On ne sympathise pas avec Field. L'homme vit seul, essentiellement dans son bureau, même s'il a un appartement où il passe de temps en temps. Avant, il communiquait, partageait, s'intéressait. Mais il y a eu le départ de sa femme. Et l'affaire. Surtout l'affaire.

Field boit une gorgée de café froid, rature le coin d'une feuille et, ses yeux plantés dans ceux de Nathan, répète la même question.

TESS

Tess garde le gobelet vide serré dans ses mains. Comme une présence. Elle le gratte avec ses ongles pour se rassurer. Elle a voulu s'arrêter dans deux bars tout à l'heure mais ils étaient bondés et les cris des jeunes hystériques l'ont fait fuir. Et les gars à l'entrée en train de fumer l'ont reluquée de la tête aux pieds. Elle n'a pas aimé leurs yeux et elle a repris sa marche. Elle voudrait maintenant retrouver le vieux avec son vin chaud mais elle s'est perdue. Cette ville est un vrai labyrinthe. Il y a trop de rues, trop de monde, trop de magasins, trop de lampadaires, trop de tout. C'est oppressant. Ça vide. Ça isole. C'est ce que Tess ressent, une grande solitude avec la sensation d'être loin de la masse. D'une autre couleur. Extraterrestre.

Tess regarde ses mains autour du gobelet vide. Elles sont sales et elles tremblent. C'est la première chose qu'elle voit, ces taches sur ses doigts et cette crasse sous ses ongles. Mais très vite, les taches disparaissent ou, plutôt, se mettent en mouvement. Elles commencent à onduler. Tentacules tatoués sur la peau et glissant le long des phalanges, pour rejoindre les paumes et les poignets. Comme des serpents glissant sur l'épiderme. Tess les regarde s'enrouler autour de ses bras. Elle cherche à voir des écailles qu'ils n'ont pas, à entendre un sifflement qui n'est pas car il n'y a pas de serpent encerclant son corps. Il y a simplement des taches que ses yeux n'arrivent pas à voir.

Tess sent bien que quelque chose ne va pas. Sa vue qui se trouble, ses mots qui n'ont plus de voix, les limites de son corps qui s'effacent. Par moments, elle ne sent même plus ses jambes qui se répandent en milliers de particules et se perdent dans le décor de cette nuit froide. Elle se concentre alors pour les rassembler à nouveau et avancer un peu plus. Tess sent bien que tout cela est étrange. Grave peut-être. Pourtant elle n'arrive pas à réagir. Elle est comme anesthésiée. Elle pourrait paniquer, suffoquer, hurler et demander de l'aide. Mais elle reste figée dans ce squelette et dans cette chair. Camisole étrangère et protectrice qui se moque du givre et des douleurs cachées sous les hématomes.

Tess s'arrête devant une enseigne lumineuse. Six lettres. CINÉMA. Tess voit beaucoup plus de lettres que ça et le néon qui est rouge lui apparaît bleu. Elle s'approche des grandes affiches et observe les photos multicolores. Elle fouille dans sa poche, prend une cigarette, cherche un briquet qu'elle trouve cette fois et tire une grande bouffée. Elle reste figée un moment devant la pancarte, son grand manteau noir ouvert sur sa robe rouge. De longues minutes. Et puis une question :

— Vous venez pour quel film ?

Tess tourne la tête mais ne voit rien. Elle se retourne, personne.

— Vous êtes muette ?

Tess cherche encore et finit par baisser les yeux. Près d'elle une petite femme. Pas une naine mais une toute petite femme.

— Je vous demande ça parce que moi j'hésite entre deux films, vous auriez peut-être pu m'aider.

Tess sent qu'il y a des mots dans sa bouche mais encore une fois elle est incapable de les faire sortir. Incapable même de les mettre sur ses lèvres.

— Pour tout vous dire j'hésitais à revoir ce film en noir et blanc que j'ai déjà vu dix fois. Il y a dedans un personnage que je ne me lasse pas de rencontrer, il s'appelle Nobody. Personne... S'appeler personne, vous vous rendez compte ?

Tess l'écoute avec attention. Elle ne comprend pas grand-chose mais cette voix de petite femme la réconforte. Elle aimerait qu'elle parle encore. Alors la petite femme parle encore.

— Nobody... Combien de fois j'ai rêvé répondre ça lorsque je dois me présenter. Mais les gens ne comprendraient pas.

Tess sait que les gens ont besoin de repères. Un prénom c'est un début. Cela semble anodin, superflu, mais non, ce prénom est la première pierre qui dessine la maison de l'inconnu, celle dans laquelle les gens veulent entrer. Ils voudront ensuite connaître chaque pièce, les essayer toutes et passer du temps dans certaines d'entre elles. Et s'il y a une pièce qui ne leur convient pas ils refermeront la porte et peut-être toutes les autres.

Tess voit son prénom s'écrire sur le mur près de l'affiche et une maison se dessiner. Elle est toute de travers et trouée. Les vitres sont brisées et les volets s'accrochent désespérément aux pierres bancales. À l'intérieur tout est vide et poussiéreux. Et il y a des taches. Partout. Sur les lambeaux de rideaux, sur le parquet défait, sur les restes de canapés.

— Si je m'appelais Nobody, poursuit la petite femme, les gens n'auraient rien à se mettre sous la dent. Et je resterais un mystère et je serais libre. Vous me suivez ?

Tess sent que ce qu'elle dit résonne, accélère les battements de son cœur. Il y a en elle quelque chose qui ressemble à Nobody.

— Et vous alors, vous allez voir quoi ?

Tess regarde à nouveau les affiches près de son prénom et de sa maison toute désarticulée. Une affiche l'attire. Un dessin avec des flammes et des fées bizarres.

— *La Danse de la réalité,* lit la naine qui n'en est pas une. Je ne connais pas, pourquoi pas, ça me sortira de mon dilemme. J'aime ça hésiter pour finalement partir ailleurs.

La grande suit la petite jusque dans la salle aux fauteuils rouges. Elles s'asseyent côte à côte sans un mot de plus. Calées dans le velours moelleux, dans le silence compact, dans la pénombre, elles attendent. Le noir total s'empare de l'espace et les images naissent sur l'écran blanc. Ce ne sont pas n'importe quelles images et ce n'est pas n'importe quel film. Tess regarde le garçon à la crinière blonde pleurer sous les grondements d'un père en colère. Elle est fascinée lorsque le coiffeur lui retire cette perruque qui faisait de lui ce que sa mère voulait qu'il soit. Elle est bouleversée lorsque la maman ne reconnaît plus son fils. Et petit à petit, les mots ne deviennent qu'un seul mot. Nobody. Parce que tout réside ici, dans ce « personne » que les autres veulent reconnaître et modeler.

Tess va rester encore un peu ici, dans ce *no man's land,* où les serpents effacent les taches et où le pas précédent ne peut savoir où mènera le suivant. Oui, elle va rester ici. Un moment du moins. En compagnie de son Nobody.

EMMA

Octobre 1986

Marc n'en finit pas de baiser Emma. De la tête aux pieds, il la baise et l'aime. Il a vingt-neuf ans, vit dans un petit appartement pas très loin de la mer et il propose à Emma de venir s'installer avec lui. Elle accepte immédiatement.

Emma prend deux grandes valises dans le garage de ses parents. Ils ne s'en rendront pas compte, ils en rachèteront de nouvelles sans se poser de questions. Elle les balance sur son lit et les remplit sans trop réfléchir. Elle prend au hasard des vêtements et des objets et les fourre dans les valises. Elle laisse les posters de Madonna et George Michael sur les murs, prend son radio-réveil et pioche quelques livres sur l'étagère.

La maison est silencieuse. Son père est allongé dans le canapé devant la télévision en sourdine et lit le journal en mangeant des cacahuètes. Sa mère est dans la véranda et fume des cigarettes. Elle ne fait que ça. Elle n'est pas en train de faire des mots croisés, d'écouter la radio ou de lire en fumant. Non, elle ne fait rien d'autre que fumer. Elle fait ça plusieurs fois par jour. Elle s'assied sur sa chaise, souvent dos à la baie vitrée puisque de toute façon elle ne regarde rien, prend une cigarette dans le paquet qui est toujours à la même place, l'allume avec des allumettes, inspire et expire la fumée méthodiquement jusqu'au mégot, puis l'écrase dans le cendrier qu'elle vide et lave immédiatement après. Ensuite, elle rejoint son mari et s'allonge à ses côtés. Il n'aime pas l'odeur de la fumée mais il aime qu'elle soit tout près alors il ne dit rien et lui caresse les cheveux.

La maison est silencieuse et Emma, avec ses deux lourdes valises qui râpent le sol et les murs et les marches, fait beaucoup de bruit. Et personne ne l'entend. Même lorsqu'elle claque la porte en partant.

Emma est dans la rue. Marc n'est pas encore arrivé. Elle est en avance car elle est impatiente de partir d'ici pour aller là-bas. Chez lui. Il est son prince. Elle a besoin de s'évader. Elle n'en peut plus de cette mère et de ce père. Emma a toujours eu l'impression de les déranger. Leur couple, si fusionnel, n'avait pas de place pour un enfant mais ils en ont fait un quand même, sûrement par accident.

Avec Marc, Emma se sent enfin au centre. C'est elle qu'il regarde, qu'il caresse, qu'il embrasse. Alors Emma est dans cette rue, prête au départ, sans états d'âme, sa libération sera aussi la leur.

Emma est inscrite en deuxième année à la fac de lettres mais elle n'y va pas. Elle y est allée les premiers jours, pour faire acte de présence, pour ses parents et parce que c'était quand même son rêve l'université pour pouvoir enseigner. Mais son rêve c'est Marc maintenant et elle a besoin d'être collée à lui. Lui aussi a du mal à travailler. Il part de plus en plus tard le matin et rentre de plus en plus tôt le soir. À l'agence, on lui fait des remarques mais ça ne change rien à son comportement, il a besoin de la renifler. Il est commercial et vend des voyages en Asie, en Afrique, en Amérique du Sud. Ça aussi, ça fait rêver Emma qui n'a jamais bougé.

La semaine, en l'attendant, Emma en profite pour lire les piles de romans qu'elle entasse près du frigidaire. Elle ne voit plus trop son meilleur ami Martin. Martin, c'est avec lui qu'elle a grandi. Il lui a donné son premier baiser lorsqu'ils avaient cinq ans, un jour, sous la pluie, leurs bottes dans les flaques. Ils avaient une cabane secrète avec « un mot de passe secret ». « Mais si c'est un mot de passe, c'est forcément secret ! », lui disait-elle. Qu'importe, il tenait absolument à rajouter « secret ». Il aimait renforcer ce mystère, ce privilège de n'être que deux à savoir. Juste tous les deux. Martin lui confectionnait des élixirs à la menthe, des colliers de coquillages, des soleils avec du fil de fer, des boîtes en origami pour ses trésors, des bouquets de pissenlits car Emma adorait voir s'envoler les akènes à aigrettes.

« Des Za quoi ? » avait demandé Martin. « Des akènes, c'est comme des flocons qui s'envolent. »

Depuis qu'elle a rencontré Marc, Martin a essayé plusieurs fois de l'embarquer avec lui aux soirées étudiantes, sans succès. Emma n'a plus trop envie de tout ça. Maintenant, ce sont pour elle des soirées futiles où tout le monde boit et dit n'importe quoi et elle préfère rester auprès de Marc. Son amour pour lui est intense et exclusif. Elle est dans une fusion qui la porte et en même temps la submerge. Elle est forte et remplie de tout ça. Indestructible. Mais parfois, cette passion la fait vaciller. Cet amour si grand la bouleverse tellement qu'elle a peur. Qu'elle sent le vide tout autour. Le rien contrastant avec ce tout. Quand elle est prise de ces vertiges, elle cherche encore plus les bras de

Marc. Elle se colle contre lui, le serre, tente de le pénétrer de toutes parts, se frotte, le respire. Enfouir son museau sous ses aisselles. Son parfum animal la rassure. Et elle ronronne.

Emma passe beaucoup de temps à s'occuper de leur nid. Elle arrange la décoration intérieure pour transformer l'appartement en cocon, elle cherche sans cesse de nouvelles recettes, découvre les aromates et les épices, elle passe du temps à se maquiller et à prendre soin d'elle pour être toujours belle sous ses robes, ses bas, ses culottes. Elle veut le sentir frémir chaque fois qu'il la voit. Elle veut sentir le désir dans ses yeux. Tout le temps. À n'importe quelle heure du jour ou de la nuit, elle veut que ça brille.

Leur coup de foudre dure, s'étale, grandit. L'électricité de la première seconde les habite et les rassemble. Ils s'aiment. C'est simple. Fort.

Quand Marc rentre du travail, ils se sautent dessus. Ils s'embrassent du bout des lèvres d'abord. Puis ils mettent un mot entre chaque baiser pour se raconter leur journée. Ensuite, les bouches s'ouvrent un peu plus. Celle d'Emma souvent la première car elle est la plus fougueuse et la plus affamée. Les dents se touchent et se cognent parce que l'étreinte devient brutale. Le manque a besoin d'être comblé. Là. Tout de suite. Vite. Serre-moi fort. Ta peau. Je veux ta peau. Ton sexe. Encore.

Ils voient des gens mais peu. Il y a seulement Martin et quelques amis qui parviennent à les sortir de temps en temps et la famille d'Emma qu'ils côtoient pour les anniversaires et autres fêtes obligatoires. Marc est en froid avec les siens et ne les voit plus depuis des années. De toute façon, ils n'ont besoin de personne et préfèrent rester tous les deux.

Emma se sent reine quand elle est avec lui. Son port de tête change, le menton se lève et le front se pâme. Ses paupières clignotent et elle gonfle sa poitrine qu'elle expose dans des décolletés provocateurs. Elle accentue également sa cambrure quand il passe près d'elle. Elle aime l'entendre murmurer : « Callipyge… », ce mot qu'elle ne connaissait pas avant de le rencontrer. Il l'avait taquinée à ce sujet en disant qu'une femme de lettres devait connaître ce mot. Elle avait rétorqué qu'elle n'avait pas la même conception de la littérature que lui, que pour elle il n'était pas question de vocabulaire et de savoir mais d'émotion, qu'elle se moquait de retenir qui avait écrit ça ou de savoir le pourquoi de ce texte-là, que ce qui l'intéressait, ce qui la nourrissait, c'était ce que ces mots posés sur le papier faisaient à son corps et les tremblements, les sourires, les hoquets, les nausées, les larmes qu'ils provoquaient. Marc l'avait entendue. Il n'avait pu s'empêcher de clore le débat en disant que les deux n'étaient pas incompatibles. Agacée par ce maniaque du dernier mot, Emma s'était approchée et lui avait léché le bout du nez, la joue, le front. Et lui avait répondu : « Encore. »

DAVID

David s'est levé avant le jour. Dans la salle d'eau face au miroir et à la lampe blanche, il observe son visage. Il a les traits fins avec de larges sourcils. Ses rides sont peu marquées, difficile de lui donner un âge. Cinquante ans peut-être. Il est très pâle. Il se frotte les joues pour retrouver un peu de couleur. Il passe sa main dans ses cheveux gris en bataille et répète « David, David Bresson ». Il s'accroche à tout ce qu'il a, ce nom et ce prénom. Il est David Bresson. Ne pas le laisser disparaître. Donner vie à ce reflet.

David attrape son sac à dos. Il n'y a pas grand-chose à l'intérieur. Quelques vêtements, une trousse avec une brosse à dents, un dentifrice et du Lexomil, une paire de baskets, un portefeuille avec quelques billets, un carnet vierge et un stylo. Sa tête lui tourne. Il faut qu'il mange. Depuis quand n'a-t-il pas mangé ? Il attrape un pull, l'enfile, claque la porte et descend.

La vieille dame est déjà en train de couper sa viande pour le ragoût du midi.

— Bonjour David, vous avez bien dormi ?

— Oui, merci.

— Désolée pour les chiens cette nuit, c'est toujours comme ça quand Neva est en chaleur, y a tous les mâles du quartier qui rappliquent et c'est le concert.

— Je n'ai rien entendu.

— Tant mieux. Thé ou café ?

— Café.

David tourne dans la salle à manger. Il regarde les bibelots entassés, les piles de magazines, l'horloge bruyante, prend le journal du matin, le lit sans le lire, le replace sur le coin de table.

— Asseyez-vous. Faites comme chez vous.

David s'assied.

— J'ai eu Éric au téléphone. Comme je vous le disais, il ne vous attendait plus. Il a un peu râlé parce que ce ne sont pas des manières de ne pas donner de nouvelles puis de débarquer comme ça, mais bon… ça l'arrange bien en même temps. Je vous accompagnerai chez lui après le petit déjeuner.

David boit deux grands bols de café. Il a du mal à émerger, le brouillard d'hier toujours dans sa tête. Il regarde les biscottes dans la panière, le beurre dans le beurrier, la confiture de fraises et boit une nouvelle gorgée.

— Vous ne mangez rien ? s'inquiète la femme.

— Non, pas ce matin, je n'ai pas très faim, dit-il avec son ventre vide.

— Vous n'avez pas l'air en forme. Vous venez d'où au juste ? Éric m'a dit que vous étiez d'Avignon mais je vous trouve drôlement pâle pour un gars du Sud.

David porte le bol à sa bouche, avale de travers et répond :

— Je viens de passer trois mois dans les Vosges.

— J'aime pas là-bas. J'y suis allée une fois mais j'aime pas. J'aime qu'ici.

David boit une nouvelle gorgée.

— Au fait, je m'appelle Micheline ! Mais tout le monde m'appelle Mimi et tout le monde me dit « tu ».

— Ton café est très bon Mimi.

Mimi arrose sa viande de vin rouge puis referme la cocotte :

— Voilà, y a plus qu'à laisser mijoter. On y va ?

Dehors, il fait froid. Il fait gris. Les arbres rachitiques dessinent de drôles d'oiseaux derrière les murets. Les ruelles sont scintillantes, piquées de mille étoiles givrées. Mimi a pris sa canne mais elle préfère s'accrocher au bras de David pour ne pas glisser. Elle boite un peu et ses jambes de vieille accrochées à son corps de vieille ne facilitent pas ses déplacements. Mimi jure de temps en temps parce qu'elle a mal, parce qu'elle trébuche. Puis elle se redresse, prend une grande inspiration et repart. Micheline est creusée de rides, déformée par les rhumatismes, voûtée et tremblante. Mais ce n'est pas cela que l'on voit quand on la regarde. Ce sont d'abord ses yeux d'acier et son aura puissante. Sa jupe longue traîne sur le bitume et ramasse quelques feuilles mortes. Elle a caché ses cheveux blancs sous un bonnet bleu. David est très peu couvert. Il a les joues glacées et ne sent déjà plus ses oreilles.

Le village est minuscule et le trajet court. Ils font encore une centaine de mètres après la dernière maison, passent un petit pont qui enjambe un ruisseau puis remontent un peu plus sur la droite pour arriver à la ferme. La bâtisse est immense. Avec de grands murs de pierre, des linteaux magnifiques et de petites fenêtres. Dans la cour, brouettes, râteaux, cagettes, seaux, palettes envahissent l'espace. Un tracteur est garé au milieu du désordre et un second, désarticulé, attend dans le grand garage.

Micheline frappe fort à la porte. Pour qu'on l'entende bien et qu'on arrive plus vite. Son neveu ouvre. L'homme est imposant. Plus d'un mètre quatre-vingt-dix, barbe noire, tignasse noire, regard noir, épaules de rugbyman. Il les invite à entrer et leur offre un café. Les deux hommes ne disent pas un mot, c'est Micheline qui parle pour l'un et l'autre. Elle n'en finit pas de mettre des mots. Au bout de quinze minutes, Éric la coupe et demande :

— David, vous pensez que vous allez tenir le choc tout l'hiver ? Il faudra pelleter, porter des sacs de ciment, travailler dans le froid, poncer des journées entières… Car, sans vouloir être impoli, je vous pensais plus jeune et plus costaud.

— Oui.

— Oui quoi ?

— Oui, j'ai cinquante ans et je ne suis pas très musclé, mais je vais y arriver car j'ai la tête solide. Si je suis venu ici c'est pour bosser. J'ai l'habitude. Vous pouvez compter sur moi.

— OK. Parfait. Vous commencerez lundi. Vous resterez chez ma tante quelques semaines. Nous avons un studio dans le village qui se libère le 28, vous pourrez vous y installer à ce moment-là.

— Parfait.

— Vous avez des questions ?

— Non. Enfin… Je me suis fait braquer la voiture avant de venir. Il faudrait que je me rachète des vêtements.

— Braquer ? répète Mimi, inquiète. Et ça va, pas trop de dégâts ?

— Non, à part la portière qui est un peu enfoncée et mon sac qu'ils ont embarqué.

— Pour les vêtements, rachetez rien du tout. On va vous trouver ce qu'il faut.

— OK merci.

La Grande Roue

Sur le chemin du retour, Micheline s'agrippe de nouveau à David, elle le sent instable et tremblant. Elle pourrait le lâcher de peur de dégringoler sur la glace et de se fracasser le crâne. Elle pourrait reprendre sa canne comme appui. Mais elle a envie de lui faire confiance.

NATHAN

Le commissaire Field attrape ses lunettes qu'il cale dans un coin de sa bouche. Il mordille la branche tout en observant Nathan qui est une nouvelle fois dans son bureau.

Field n'est pas d'humeur aujourd'hui. Il a une sinusite et dort très peu depuis une semaine. Il ne parle pas tout de suite. Il regarde Nathan, la mâchoire crispée. Il aimerait se détendre avant de parler, trouver les bons mots, le bon ton pour ne pas accabler Nathan une fois de plus. Field sait bien ce qu'il lui fait subir depuis des années, il comprend bien que ça ne rime à rien mais il ne peut pas faire autrement. Et Nathan reste impénétrable. Il vient aux convocations, ne dit presque rien et repart.

— Je ne vais pas te laisser tranquille tu sais. Je te convoquerai encore et encore. Et te poserai des questions et…

— Mais je n'ai rien Field, pas plus de signes. Ça fait presque vingt ans maintenant, on va peut-être arrêter de s'acharner.

— Non, on n'arrêtera pas Nathan. Pas tant que je serai dans ce bureau avec ce putain de dossier non classé. C'est mon affaire.

Nathan porte ses mains à son visage, se frotte la joue, se gratte l'oreille, se ronge les ongles. Dans ce bureau, Nathan est toujours submergé de tics. À peine fait-il un pas dans cette pièce que ses gestes se contractent et que sa peau devient moite. Il ne craint pas Field mais plutôt ce qui se joue ici, entre eux, entre ces quatre murs, dans cet interrogatoire qui n'en finit pas. Le jeune homme connaît cet endroit par cœur. Il ne compte plus le nombre de fois où il est venu. Il a grandi ici. Quand il sent que son corps se perd et que ses tics exagèrent, il a pour habitude de fixer l'horloge derrière Field. Ses grandes aiguilles noires, impassibles, l'apaisent. Il ne la quitte pas des yeux.

Nathan est parfois en colère contre Field. Il aimerait qu'il cesse de le harceler. Le libère. Mais il a bien conscience que Field n'a pas le choix et qu'il s'acharne malgré lui. Victime de son obsession. De cette plaie purulente qui ne parvient pas à cicatriser.

TESS

Tess est de nouveau dans la rue. Lorsque la lumière s'est rallumée dans la salle de cinéma, la petite femme n'était plus là. Tess a cherché quelques secondes une trace. Son foulard, son chapeau, son parfum, mais il n'y avait plus rien. Plus de petite femme.

Tess est de nouveau dans la rue. Et le froid l'agresse. Il mord ses jambes, son ventre, claque ses joues et verrouille sa mâchoire. Il est piquant et se moque bien de sa tenue légère. Tess sent le vertige qui l'habite s'intensifier. Cette nuit d'hiver l'emprisonne. Parenthèse sombre aux contours impalpables. Elle flotte ici. Et les rencontres qu'elle fait et qui lui échappent ne l'aident pas vraiment.

Tess referme son manteau noir sur sa robe rouge. Elle le ferme au maximum, remonte son col et tente de disparaître de ce trottoir. De cette nuit étrange. Elle ferme aussi les yeux. Et elle attend. Plantée sur le béton entre deux réverbères. Devant une vitrine avec des anges et des rennes. À quelques centimètres du bitume encombré de véhicules bruyants. Parfaitement immobile. Des dizaines de piétons la frôlent, la caressent, la bousculent. Elle s'éloigne doucement de ce cauchemar éveillé. Le froid semble plus doux. Les bruits autour, moins agressifs. L'environnement moins hostile. De longues minutes passent. Tess respire plus tranquillement. Ses mains qu'elle avait serrées en boule dans ses poches se relâchent. Ses orteils se détendent à nouveau dans ses souliers. Les épines sur ses joues ont disparu. Ses yeux affolés et crispés abandonnent leur combat.

Tess ouvre les yeux. Elle n'est plus debout mais assise. Elle n'est plus dehors mais dedans. Elle est de l'autre côté de la vitrine avec les anges et les rennes maintenant près d'elle.

— Ça fait un moment que je vous observe… vous ne m'avez pas l'air bien. Ça fait plus de trente minutes que vous êtes prostrée là, lui dit une voix d'homme dans un corps de femme.

Tess regarde la blonde sans lui répondre. Elle est jeune, très maquillée, rouge cerise sur les lèvres et liner entre cils et sourcils, avec des cheveux platine et des racines noires, une bague à chaque doigt, des boucles d'oreilles têtes de mort, une belle robe bouffante en argent sur un fuseau violet dans des Dr. Martens à pois. Autour d'elle des centaines de photographies tapissent les murs. Quelques appareils numériques et argentiques sont posés çà et là. Au fond de la pièce un grand rideau blanc est tendu. Il y a aussi deux halogènes, un parapluie sur un trépied, un réflecteur et une malle remplie de foulards, chapeaux et autres accessoires. Elle est photographe.

La pin-up punk lui tend un verre.
— Tenez. Moi je bois ça quand ça va pas. Vous pouvez y aller cul sec.

Tess porte le verre à sa bouche et boit d'une traite. L'alcool la brûle. Puis devient une vague chaude léchant tout l'intérieur de son corps. Elle ne bouge pas d'un centimètre mais parvient à prononcer un : « Encore. »

La photographe lui sert un second verre.

— Encore.

Et un troisième.

Tess parvient enfin à se mouvoir. L'alcool a remis son cœur en route. Elle est debout et, en équilibre sur ses talons, avance doucement vers le mur d'images.

Il y a beaucoup de portraits. Des gros plans presque difformes. Parfois ce sont les nez qui prennent toute la place. Et l'on peut voir les poils dans les narines. Parfois ce sont les yeux. Ronds ou perçants ou vitreux. Parfois les bouches. Gonflées, fissurées, tartinées de gloss, fines, gourmandes, édentées, coquines, pincées. Il y a des grands formats. Des tout petits. Des triptyques. Des séries. Il n'y a pratiquement que de la couleur. Une couleur vive, indécente, avec une lumière franche dévoilant les mystères de ces peaux. Accentuant les années entre les rides. Révélant la beauté sous les grains. Tous ces visages. Toutes ces vies. Laquelle est la tienne ? Où est la mienne ? Tess passe d'une photographie à l'autre avec fougue. Toutes l'attirent. Elle veut les voir et les revoir. Se fait surprendre par certains miroirs. Tout se met à tourner. Commence à se brouiller. Les violets deviennent bleus, les verts se déclinent en jaunes, les contours s'estompent et de nouveaux traits se dessinent. La naine. Oui, la naine qui n'en est pas une est dans ce cadre. Et là, près du rideau, il y a le Monsieur aux gobelets. Et ici, c'est étrange, on dirait une cascade mais l'eau est rouge. Rouge sang. Et puis tous ces autres cadres…

Cette plage sans traces de pas dans le sable. Ces yeux. Ces montagnes noires et mouvantes. Cette lune déguisée en soleil. Ces ongles vernis couverts de coquillages. Ce balcon suspendu au-dessus du vide. Ce phallus sale et gras. Ces ongles comme des griffes. Ce trapèze accroché à un nuage de coton blanc. Ce nez. Ce thorax ouvert sans cœur et sans viscères. Cette nappe avec des fraises. Cette peau de bébé se couvrant d'une peau de serpent. Cette bouche pleine de bave. Cette poupée si belle avec sa robe si belle. Ce front. Cette voiture encastrée dans le mur. Ces deux enfants assis le cul dans l'eau. Cette lame près de cette carcasse. Ce téléphone avec des symboles incompréhensibles à la place des chiffres. Ce mur de pierre, de gaufre et de chocolat. Cette poule à deux becs. Ce pont à dix voies. Ce menton. Ce nourrisson qui tète une vache. Ce pic avec cette tête coupée. Ce plaqueminier pliant sous le poids d'ananas. Cette télévision en carton. Ce lit couvert d'épines.

— Vous avez vu tout ça, bredouille Tess dans un dialecte incompréhensible.

— Pardon ? demande la photographe qui ne comprend rien à son charabia.

Tess tangue sur ses pointes. Ces photographies qu'elle a réinventées, vestiges et vertiges de son inconscient, n'en finissent pas de matraquer son crâne. C'est une ronde folle où la déraison peut donner du sens mais où les sens, trop malmenés, trop secoués, font perdre pied au corps qui les abritent.

— Je pense qu'il faudrait que vous puissiez vous laver et vous changer. Et qu'ensuite vous me racontiez ce qu'il vous est arrivé. Je peux vous aider.

Vous aider. Vous aider. Vous aider. Vous aider. Vous aider. C'est maintenant l'audition de Tess qui se brouille et lui impose cet étrange écho. Vous aider. De plus en plus fort. Vous aider. Qui sonne de plus en plus faux. Vous aider. Qui devient un cri de démence. Vous aider. Une sirène d'alarme. Vous aider. Qui, au lieu d'apaiser, ordonne la fuite.

Tess se dégage de l'étreinte patchouli, de l'exposition de têtes aux multiples facettes, de la chaleur artificielle, de la compagnie des anges et des rennes. Elle bascule son corps vers la sortie et se retrouve dans la rue. Elle referme son grand manteau noir sur sa petite robe rouge, observe quelques secondes ses mains pleines de taches puis reprend sa marche. Et claquent. Claquent. Les talons sur le béton de la nuit.

EMMA

27 juillet 1987

Emma est installée à la table du balcon. Elle a pris son cahier pour écrire des poèmes mais elle dessine. Elle dessine dans les marges, entre les lignes, sur la couverture cartonnée. De son donjon, elle observe ce vélo contre le muret, cette femme obèse avec son maillot jaune et sa serviette sur les épaules, ce chien bizarre qui boite, ce vieillard qui s'appuie sur sa canne et cette chatte en chaleur qui remue la queue. Mais sur la feuille, ce n'est pas comme ça. Emma se nourrit de tout ça, de ces personnages du monde réel qui sont sa matière et qu'elle va pétrir et sculpter pour la faire sienne. Et le dessin sera celui-ci : une grosse dame au maillot jaune sur un vélo jaune avec une serviette jaune entortillée sur sa tête rouge et ronde avec un vieux et sa canne sur le porte-bagages, serré contre elle et transi d'amour, et un chien à trois pattes au bout d'une laisse, les tirant elle, lui et le vélo pour courser une chatte en chaleur. Emma aime la caricature, grossir le trait pour capter une part de vérité, esquisser avec légèreté l'implacable quotidien. Emma n'en finit pas de gratter le papier. Elle a de plus en plus de mal à écrire et a de plus en plus besoin de dessiner. Il y aura bientôt plus de dessins que de mots dans ses calepins.

Emma a laissé ses anciens carnets chez ses parents. Ils sont dans une caisse qu'ils ont peut-être déjà bazardée. Sa mère lui a expliqué qu'ils ont dû vider sa chambre pour faire de la place. De la place pour eux. Elle n'a pas jugé utile de lui dire ce qu'ils ont fait de ses affaires et Emma n'a rien demandé. Ils ont dépunaisé ses affiches et décroché ses cadres, ils ont vidé ses placards, ils ont détapissé pour peindre les murs en vert, ils ont enlevé les stores pour mettre des rideaux, ils ont sorti son lit et son bureau pour installer un canapé-lit et un autre bureau, plus grand et plus fonctionnel. Emma n'a rien vu de tout cela puisqu'elle n'a pas été invitée à y retourner. De toute façon, elle n'y serait pas allée. Cette maison elle ne veut plus la voir. Elle passe au travers de tout et de tout le monde là-bas. Maintenant qu'elle a enfin un corps dessiné par celui qu'elle aime, hors de question de retrouver cette transparence. Ça lui serait fatal. Le lien téléphonique avec ses parents suffit. Sa mère l'appelle tous les mardis. La conversation n'excède jamais dix minutes et Emma parle à peine car la voix de sa mère prend beaucoup de place. Emma supporte ses monologues sans souffrance maintenant qu'elle a des mains qui l'enveloppent et la serrent. Mardi dernier, sa mère lui a parlé de son père qui passe son temps dans leur nouvelle piscine. Enfant, Emma rêvait de cette piscine mais ses parents n'en voulaient pas. Jusqu'à ce qu'elle parte.

Marc arrive plus tôt que d'habitude. Il est dix-sept heures et le soleil est encore très haut dans le ciel. Il fait une chaleur étouffante et son polo est trempé. Il s'approche de sa poupée et pose un gros paquet sur le tas de cahiers. Il ne voit pas les dessins et Emma n'ose pas l'embêter avec ça. Elle a bien conscience que c'est futile et qu'il va falloir qu'elle trouve une activité plus sérieuse. Marc le lui a fait remarquer une fois et elle a fait semblant de ne pas entendre.

Marc caresse la crinière de sa poupée rousse et dit : « C'est pour toi. » Emma qui adore les surprises saute sur la boîte. Elle déchire le nœud et le papier, ouvre le carton à toute vitesse et découvre une magnifique robe bleu nuit avec des strass sur le bustier.

— Elle est magnifique.

— Tu la porteras ce soir.

— Qu'est-ce qu'il y a ce soir ?

Marc a mis une chemise blanche et un pantalon blanc. Il est très beau, sa peau bronzée rend ses yeux verts encore plus verts. Emma porte la robe. Marc a réservé dans le meilleur restaurant de la ville. Ils sont en terrasse et la vue sur la mer qui danse est à couper le souffle. Le jour décline doucement et les couleurs du ciel changent chaque seconde. Au moment où le soleil rejoint l'horizon, c'est un rose puissant qui inonde la crête des vagues. Emma sourit beaucoup. Elle est émerveillée. Qu'un homme comme Marc ait pu s'intéresser à elle, c'était inespéré. Elle, la discrète qu'on ne remarquait pas, qui servait d'amie ou d'alibi pour arranger les copines, dont les professeurs oubliaient souvent le prénom, que les garçons voulaient approcher seulement pour vérifier la couleur de son pubis de rousse, que ses parents fuyaient lorsqu'elle prenait trop de place. Elle est émerveillée que cet homme de dix ans son aîné puisse l'aimer. Elle est sa poupée et il s'occupe d'elle, l'habille, la nourrit, la guide. Elle voulait travailler, pour elle aussi ramener de l'argent, mais il lui a dit que ce n'était pas la peine, qu'il préférait la savoir à la maison, qu'elle n'avait pas à s'inquiéter, qu'il gagnait bien sa vie et qu'il s'occuperait de tout. Il s'occupe de tout. Emma sourit.

Marc choisit pour eux, il commande deux menus *Prestige* avec du poisson. Emma n'aime pas le poisson mais Marc lui dit qu'elle va finir pas s'habituer, surtout que dans ce restaurant c'est leur spécialité et qu'il est vraiment excellent.

— Ma poupée rousse, j'aime t'avoir près de moi. Je veux t'avoir pour toute la vie. C'est un soir spécial aujourd'hui tu sais...

— Non, je... bredouille Emma qui pense qu'elle a oublié une chose importante. Il y a quoi... de spécial ce soir ?

— C'est le soir où je te demande en mariage.

Emma ne dit rien mais elle voit tout. Elle voit la robe blanche avec des lacets pour tenir son corset, les salomés qui habilleront ses pieds, le nœud qu'elle accrochera dans ses cheveux, Martin à ses côtés comme témoin, la pièce montée faite de choux exclusivement en chocolat, la bouche de Marc criant « Oui, oui, oui ! », la plage sur laquelle ils passeront la soirée, le soleil qui deviendra rouge en embrassant l'horizon.

Oui.

DAVID

Ça fait une heure que David regarde le tas de vêtements. Éric les lui a apportés dans un grand sac-poubelle. Il lui a dit « Tiens » et il est reparti. Il n'est pas très bavard et ça convient à David. Moins on lui pose de questions et mieux il se porte. Il observe encore un moment la pile multicolore puis plonge la main dedans. Tout semble tailler très large. David essaie un pull, il nage dedans. Il va lui falloir du Small. David ne regarde plus les vêtements mais les étiquettes et fait un tas de S. Ce premier tri le rassure. Moins de choix, ça va être plus simple. Il ne sait que choisir et se sent mal à l'aise. Est-il plus sweater ou pull en laine, jean ou pantalon velours, vert ou gris ? Il fait plusieurs essais, se regarde dans le miroir, non, rien, décidément rien ne semble lui aller. Il a l'air d'un épouvantail débraillé. Ridicule. Manches trop longues, buste trop serré, taille trop large. Mais David décide de ne pas prêter attention au reflet dans le miroir. Il sait qu'en ce moment il se passe des choses étranges et que ses yeux déforment la réalité. Plusieurs fois par jour il est pris d'étranges vertiges où tout lui échappe. Il a même l'impression que son corps se transforme. Il sent des picotements, des pincements, et parfois ça peut aller bien plus loin, il a comme des hallucinations et peut voir ses pieds et ses doigts s'allonger. Son corps… Comme une poupée de cire qu'un sculpteur n'aurait pas terminée. Il fait des retouches, change les limites du squelette, la texture de la peau, l'épaisseur de la silhouette. Prisonnier de ce corps qu'il ne reconnaît pas, David commence à être fatigué. Parfois, lorsque le brouillard de sa tête se dissipe, il se dit qu'il est fou. Ces hallucinations et ces sensations, ce n'est pas normal. Il est alors pris d'une bouffée de panique. Cherche le pourquoi de son retard ici, les lumières d'Avignon, la couleur des murs de sa chambre là-bas… Mais il ne voit que du blanc. Le brouillard finit par reprendre sa place pour tout embrouiller de nouveau. Et l'angoisse s'apaise et devient supportable.

David remet tous les vêtements qu'il n'a pas pris dans le sac poubelle, il plie les autres rapidement et les fourre dans la commode. Il commence à suffoquer. Il se passe la tête sous l'eau, enfile un nouveau manteau, un nouveau bonnet, une nouvelle écharpe et sort rejoindre la montagne.

David s'éloigne des maisons. Il fait de grands pas sur le chemin glacé pour s'isoler encore un peu plus du monde. Ses inspirations deviennent des expirations blanches. Des nuages de fumée se désagrégeant dans le cosmos pour laisser place aux suivants, aux suivants. David regarde droit devant lui. Il tente d'ouvrir son champ de vision pour échapper à ses étranges pensées et cherche par-delà les montagnes un nouvel horizon. Il fait extrêmement froid et le ciel est d'un bleu limpide. Pas un nuage. Pas une trace dans l'azur. Le soleil est immense et clair. Un vent très léger pique les joues de David. Il ne sent plus ses mains et il préfère cela car ce matin il ne les reconnaissait pas. Au bout du chemin, une fourche, il hésite entre le sentier qui part sur les hauteurs et celui qui rejoint la forêt de pins. Il choisit les pins. Les uns contre les autres, dessinant une alcôve réconfortante, ils l'appellent. Leur tapis d'épines, leur parfum entêtant, leur ombre dense, David a envie de ça. Il s'allonge là malgré le froid, au pied de l'un d'entre eux. Il embrasse son tronc et plaque sa joue contre son écorce dure. Le végétal et le minéral ont des pouvoirs.

— Qu'est-ce que tu fais ?

David sursaute et se retourne. Une petite fille est postée derrière lui. Elle a l'air toute gonflée, emmitouflé dans son énorme anorak rouge avec sa grande capuche rouge. Un ballon, prêt à s'envoler.

— Qu'est-ce que tu fais ? répète la petite voix.

— Je... Je respire.

— Je fais ça moi aussi des fois, ça aide. Les arbres ça aide. Y a aussi les bouleaux dans l'autre forêt qui aident beaucoup avec leur peau lisse et blanche. Tu aimes les bouleaux ?

— Oui.

— C'est bien. Tu fais quoi sinon ?

— ...

— Je veux dire, tu fais quoi ici, dans mon village ?

— Je suis venu travailler. À la ferme.

— Ah, c'est toi ?

— Tu es au courant ?

— Ben oui, c'est la ferme de mon papa. Et il a parlé de quelqu'un qui était arrivé pour l'aider. Il est en colère parce que t'es en retard et pas très rassuré parce que t'as l'air fragile. Moi je trouve pas. Tu viens avec moi ? On va aller manger des crêpes, maman m'a dit que je pourrai en manger une en milieu de matinée, on est bien en milieu de matinée ?

— Oui.

David suit la fillette rouge en silence. Il la regarde sautiller sur les cailloux. La gamine est vive, leste et bavarde. Elle met plein de mots à la suite, elle a une voix éraillée qui crée une étrange mélodie, et elle siffle pour converser avec les animaux frigorifiés, et elle crie de temps en temps, pour rien, comme ça. Elle pose encore des questions à David mais n'attend pas de réponse. Une fois à l'intérieur, la fillette se déshabille et, en ôtant son bonnet, dévoile ses longs cheveux blonds.

— Comment tu t'appelles ? demande David.

— Maya, et toi ?

— David.

— Tu veux une crêpe David ?

— Oui, mais... je ne voudrais pas...

— Déranger ? Tu déranges pas ! Y a jamais personne ici l'hiver alors nous on est contents quand il y a une visite.

— Tu as quel âge Maya ?

— C'est important ?

— ...

— J'dis ça parce que c'est pénible mon âge. J'ai un âge où je suis trop grande pour faire des trucs et trop petite pour en faire d'autres. C'est chiant. Tu vois et ben « chiant » j'ai pas le droit de le dire à mon âge. Donc si je ne te dis pas mon âge je suis plus libre. C'est comme fille et garçon, y a des trucs que...

— Maya ! appelle une voix à l'étage. C'est toi ?

— Ouiiiiiii !

La voix devient des pas dans l'escalier. Et les pas, une silhouette dans l'embrasure de la porte. La mère de Maya ne semble pas surprise de voir un inconnu dans sa cuisine.

— Maya, tu me présentes...

— Oui, c'est David, le monsieur qui va travailler avec papa. David, je te présente maman.

— David ! Vous voilà enfin ! Je m'appelle Claire. Ça va ? Elle ne vous a pas trop embêté ? Ma fille est très... présente ! Et c'est encore pire depuis qu'elle a eu dix ans le mois dernier.

— Ah ben non maman ! Voilà ! T'as tout gâché. Je voulais pas que David connaisse mon âge ! Je voulais être libre !

— Maya... On en a déjà parlé...

— Oui, et apparemment t'as rien compris ! J'ai plus faim. Salut David ! lance, énervée, la jeune fille de dix ans et un mois.

Claire lève les yeux au ciel. David baisse la tête. C'est un peu surréaliste tout ça. Se retrouver là. Dans cette maison, avec cette famille et cette routine qu'il ne connaît pas. Claire est une très belle femme. À la fois simple et distinguée. Elle porte un jean avec un chemisier clair et des boucles d'oreilles en argent. Ses longs cheveux noirs sont entortillés négligemment avec un élastique, une sorte de chignon.

— Je vois qu'Éric vous a apporté les vêtements. C'est la collection familiale. Il y a les fringues de mon petit cousin qui est parti au Québec en laissant tout sur place, celles qu'Éric a trop portées, quelques pulls à mon père et aussi les habits de mon beau-frère. J'ai pas encore compris ce qu'elles faisaient là ses fringues. Éric a eu besoin de tout récupérer à sa mort alors que ça faisait des siècles qu'ils ne se parlaient plus et qu'ils ne s'étaient pas vus. Je trouve ça glauque. Toute cette histoire est glauque. Enfin... je suis pas dans sa tête. Bon ! C'est pas tout ça, mais vous voulez peut-être un café ? Je suis aussi bavarde que ma fille...

Sans attendre de réponse, Claire met en route la cafetière. David l'observe. Il est un peu impressionné par cette femme survoltée. Quel contraste avec son mari, cet ours, ce taiseux.

— Vous venez d'où déjà ?

— D'Avignon.

— Et vous nous avez trouvés comment ?

— Une petite annonce sur internet.

— Vous êtes marié ?

David qui ne souhaite plus répondre aux questions demande sans réfléchir :

— Mort de quoi ?

— Pardon ?

— Votre... Votre beau-frère, il est mort de quoi ?

Claire, surprise par cette question frontale, met quelques secondes avant de reprendre la parole.

— Je... Je ne sais pas trop. Une sombre histoire. C'était un malade de toute façon. Un peu psychopathe vous voyez. Moi je ne le connaissais pas, mais Éric m'a raconté des trucs bizarres sur leur enfance. J'imagine qu'il a dû péter un plomb et que ça s'est mal terminé. Affaire classée.

— Je peux vous aider ?

— À quoi ?

— À inciser les châtaignes.

— Oui, volontiers.

David fait face à Claire. Il s'applique à la tâche et, de temps en temps, jette un œil à la belle femme qui lui fait face. Elle est aussi brune que sa fille est blonde. Elle a la peau très claire et trois grains de beauté dans le creux du cou. David aimerait pouvoir poser sa tête sur l'épaule de Claire pour les admirer de plus près. Cette envie le déstabilise et son couteau ripe. Il s'entaille le bout de l'index et se met à saigner. Claire lui tend un kleenex. Il le prend, la remercie en bégayant puis se sauve en expliquant qu'il a besoin de repos pour être en forme le lendemain.

NATHAN

Le bureau est en ordre aujourd'hui. Les dossiers et les classeurs sont alignés sur les grandes étagères. Les journaux ne jonchent plus le sol et sont posés sur la petite table près de la fenêtre et de ses barreaux. Le calendrier contre le mur indique la bonne date. Les crayons dans le pot sont tous capuchonnés. Les feuilles dans le trieur triées. La corbeille vidée. Le cendrier sans un mégot. Et le commissaire Field est rasé de près avec une chemise propre et parfumée.

— Bon, quoi de neuf Nathan ?

— Rien de plus que le mois passé.

— OK. Mais toi, comment tu vas ?

Nathan ne répond pas tout de suite, surpris. Il se gratte l'oreille deux, trois fois et ses tics cessent, apaisés par cette question nouvelle. Par cette considération douce. Field garde toujours un air solennel, inquisiteur. Là, il est différent, plus détendu, ce qui convient très bien à Nathan qui commence à en avoir ras-le-bol de tout ça. Il sait que cette affaire n'est comparable à aucune autre et que Field ne s'en libérera jamais, mais pour Nathan ce n'est pas une affaire, c'est un cauchemar, c'est l'histoire de sa vie et ces rendez-vous insensés n'en finissent pas d'entretenir les ombres et l'empêchent d'avancer. Il est temps pour lui de sortir de ça, d'arrêter de chercher, de ne plus ressasser. Laisser Field à son obsession. Lui dire. Qu'il ne viendra plus. Mais ce « Comment tu vas ? » remet tout en question.

Il les sort de l'interrogatoire, adoucit le commissaire et transforme le face-à-face.

Ce « Comment tu vas ? » change le lien qui unit le fauteuil en cuir et la chaise en plastique vert. Ce lien, d'habitude chargé d'acier, rigide et blessant, est, à cet instant, léger comme un fil. Il n'impose rien, se préoccupe, prend soin. Alors Nathan, aidé par ce fil qui libère ses tics, répond :

— Je vais bien merci.

Le téléphone sonne. Field s'excuse et décroche.

— Allô ! Oui. Comme tu veux. Pas de souci. Moi aussi. Moi aussi. Oui. Moi aussi. À tout à l'heure.

La voix de Field est méconnaissable. Dégoulinante et mielleuse. Nathan ne peut s'empêcher d'esquisser un sourire qu'il cache derrière une toux fabriquée. Field a une femme dans sa vie, semble-t-il. Ceci explique cela. Le bureau en ordre, l'homme lustré, le coton repassé, l'eau de toilette et l'acier fondu. Nathan trouve que cette attitude niaise ne convient pas du tout à Field. Il trouve cela très étrange même. Presque ridicule. Mais il savoure cet instant de répit, cette discussion sans enjeu, simple et gratuite, qui met en lumière l'autre lien, celui que cache l'acier.

TESS

Tess cherche les aiguilles des horloges, les numéros des tableaux lumineux, les montres des gens. Tess cherche tout ce qui pourrait lui donner une indication sur le temps. Quelle heure est-il ? Quel jour sommes-nous ? Mais les chiffres sont flous, les flèches transparentes et les passants ne comprennent rien à ses questions. Ils la regardent, disent des mots sans voix et passent leur chemin. La laissent là.

Tess aimerait une indication sur le temps. Pour comprendre quelle est cette minute qui s'éternise et la fait tourner en rond dans cette nuit qui n'en finit pas. Pour savoir si ce pas est celui d'avant ou celui d'après. Si le soleil sera bientôt là.

Ses talons s'usent. Son corps aussi, il se recroqueville et tremble, les os enserrent les tripes. Son regard est de plus en plus fou, passant d'un objet à un autre, d'une couleur à une autre, de plus en plus vite, de plus en plus perdu. Car cette ronde sans tempo, sans tic-tac et sans chrono semble s'accélérer. Car l'abîme se fait immense et le tourbillon s'installe. Le vertige de Tess s'intensifie. Il désagrège la matière. La belle à la robe rouge est de plus en plus vaporeuse et les objets la transpercent.

Pourtant, malgré son invisibilité, un homme la suit. Ou plutôt l'ombre d'un homme. Tess peut sentir le poids de ses yeux dans son dos. Elle peut sentir son souffle dans sa nuque. Elle peut même entendre sa voix parfois. Qui couine. L'ombre de cet homme a une voix qui couine. Mais chaque fois qu'elle se retourne, l'ombre disparaît.

Tess tire sur sa robe rouge qui remonte sur ses cuisses et offre sa peau au froid carnassier. L'air glacé la mord, elle a beau baisser sa robe il la mord. Il faut qu'elle se réchauffe. Elle ne peut pas rester là, dans cette tenue-là, dans ces ruelles glacées, à errer. Elle ne peut pas sinon son cœur va se congeler et cesser de battre. C'est peut-être cela qui lui arrive finalement, peut-être que tout ça, ce labyrinthe sombre, ces ombres, ces gens qui l'ignorent ou l'abandonnent, ces trottoirs sans issue et ces minutes sans heure, peut-être sont-ils les annonciateurs de sa mort. Peut-être que son cœur est déjà congelé.

Tess donne un grand coup de pied dans une poubelle qui se répand sur le bitume. Elle est maintenant en colère et se moque de la mort qui rôde. Elle redresse sa nuque et impose son menton fier à la rue et ses marionnettes, étire ses membres engourdis, transforme le froid en énergie et sa veste en cape, ôte ses talons pour imposer ses pieds à la terre, fronce les sourcils pour défier les ténèbres. Tess, à bout de forces, n'a pas d'autre choix que de combattre l'épuisement. Il faut qu'elle soit plus forte que lui. Qu'elle le domine.

Une chaussure dans chaque main, elle entame un pas de guerre. Narguant le trottoir et ses habitants, elle se met en marche. Elle avance, bouscule, zigzague, percute, hurle. Elle ne sait toujours pas où elle va mais ce n'est pas le sujet. Pour l'heure, elle a besoin de reprendre possession de son corps et de l'espace.

C'est une femme au port de reine qui scinde la foule. Elle s'immisce au milieu du flot et le divise, rejetant les passants sur les bords comme des vagues contre un rocher. Elle est au centre et ne semble plus humaine. Comme une déesse flottant au-dessus du monde. Une sylphide perçant le rideau de la nuit, âme et pieds nus, marchant droit devant.

Marche. Les pieds sur le ciment. Les veines palpitantes dans le corps palpitant. Dans la peau tendue. Dans le squelette calcaire. Elle est cette statue de pierre brisant le bitume et le béton et s'imposant aux reliefs de la nuit. Statue de pierre chaude défiant la glace dans l'air et l'humidité noire.

Marche. Sur la pointe des pieds maintenant. Pour grandir. L'ombre qui couine est de nouveau dans son dos. Tess accélère. Court, court, court. Dans les rues et ruelles, les carrefours, les galeries, sur les passages piétons, les ponts, devant les vitrines, les bars, sous les lampes et les balcons. Ses jambes et sa poitrine encaissent les kilomètres. Tess souffle à peine. Elle ne subit pas la course mais se fait porter par elle. Ce sprint démesuré l'entraîne dans une transe libératrice et la délivre de l'ombre qui couine. Elle peut maintenant ralentir. Retrouver le tempo de la foule et de nouveau se fondre dans cette masse anonyme.

EMMA

Printemps 1988

Emma a mis son maillot orange. Celui avec des boutons verts sur les bretelles. Elle est allongée sur sa serviette en train de lire et creuse le sable avec ses pieds. Elle savoure chaque mot avec ses yeux et chaque grain avec sa peau. Elle observe un moment la vieille dame et son pliant. Elle hume les effluves de crème solaire de la jeune femme près de la vieille dame. Elle garde dans le coin de ses yeux le gamin au chapeau rouge. Sûrement le petit garçon de la jeune femme ou son neveu. Elle pense une seconde à le kidnapper pour qu'il devienne le sien. Elle trouve qu'il lui irait bien, qu'ils sont assortis et que personne ne remarquerait que ce n'est pas vraiment le sien. Pas du tout le sien. Elle reprend sa lecture puis s'échappe à nouveau vers les vagues, vers le soleil, vers le parasol tricolore, vers le chien qui renifle les sandales. Elle repense à leur mariage et au beau voile qu'elle portait. Elle se remet à lire. Et le temps passe. Il est déjà dix-huit heures. Marc la rejoint. Elle lui fait une petite place sur sa serviette. Il a emmené une bouteille de blanc et a oublié les verres. Ils boivent au goulot. Rient. S'embrassent. Marc a oublié son maillot. Il se met nu et court vers la mer. Emma le suit du regard en sifflant tandis que la vieille dame replie son transat. Marc ressort de l'eau les bras chargés de cadeaux. Des coquillages. Qu'il dispose ensuite sur le sable. Dessinant des mots. Des mots d'amour pour sa poupée rousse.

C'est un mardi. Marc sort plus tôt du travail. Il n'arrive plus à se concentrer. Il a envie de la voir. En chemin, il s'arrête dans une boutique de lingerie. Il regarde avec attention chaque modèle. Il s'intéresse à chaque dentelle, cherche la forme de soutien-gorge la plus en harmonie avec la poitrine de sa belle, hésite entre plusieurs coloris et repart avec un petit paquet.

À peine a-t-elle déballé l'ensemble qu'Emma se déshabille face à la fenêtre ouverte. Elle enfile la culotte et le balconnet noirs et commence à se trémousser devant son mari. Il la regarde un court moment puis se jette sur elle, trop excité pour patienter quelques secondes supplémentaires. Emma savoure l'étreinte. Elle aime quand la bête se réveille et souhaite la dévorer. Il lui monte dessus. Elle lui monte dessus. Sur la table basse. Sur le fauteuil. Sur le carrelage. Elle crie. Il crie. Puis ils s'effondrent. Elle se lève pour boire un verre d'eau. Et enfile de nouveau la culotte et le balconnet noirs. Et il rugit encore. Et il la prend encore. Et ils recommencent.

Un matin, Martin et Marc emmènent Emma aux puces. Elle passe des heures dans les allées, fouillant chaque tas de vêtements et inspectant chaque objet. C'est une chasse au trésor, tous les stands l'attirent, tous peuvent détenir l'étoffe ou l'outil de ses rêves et lui offrir une surprise à laquelle elle ne s'attendait pas. Cette théière, par exemple, sur la table pliante de ce grand bonhomme filiforme et sans âge, Emma n'était pas venue pour ça, elle en a déjà cinq des théières, mais pas celle-ci. Celle-ci est unique, parfaite, avec son couvercle et sa anse tarabiscotés. « Parfaite » pense Emma. La poupée rousse n'hésite pas une seconde, ne négocie rien du tout, elle sort son portefeuille et repart avec sa théière. Les garçons l'ont abandonnée depuis un moment et refont le monde autour d'un verre de blanc assis à la terrasse d'un camion snack. À les voir, on pourrait croire qu'ils sont grands amis et inséparables comme Laurel et Hardy, il y a le grand qui n'est pas gros et le petit. Mais ce n'est pas ça. C'est une entente cordiale, nécessaire, parce qu'entre eux il y a la belle qui les unit. Il est son côté gauche. Il est son côté droit. Ils savent qu'ils n'ont pas le choix et que leur reine de cœur a besoin de ses deux artères pour battre.

Un vendredi. Marc rentre du travail et lui dit : « Fais tes valises ! » Emma ne pose aucune question. Elle se contente de sourire et s'exécute. Ils prennent un taxi. Puis un train. Puis un avion qui traverse l'océan et atterrit au Mexique. Emma n'en finit pas de sourire et d'embrasser Marc. Tellement qu'ils en ont les lèvres gercées. Ils mangent des tacos, des ceviches, de la cajeta, des tortillas, du pozole, des quesadillas, du guacamole, des tamales.

Le soir, quand elle se met à danser sur la piste du club, Marc la regarde avec les yeux qui brillent. Sa poupée est belle et sexy dans sa robe fourreau. Elle a relevé ses cheveux parce qu'elle a trop chaud. Son cul rebondi se tortille en rythme, ses hanches l'accompagnent dans une ondulation animale, ses épaules s'exhibent. Puis le regard de Marc s'intéresse aux gens autour et ses sourcils se froncent et sa bouche se crispe et il rejoint Emma sur la piste et il la prend par le bras et il la ramène dans la chambre et il la regarde. Garde. Que pour lui.

Samedi Emma aura vingt et un ans.

J-5, Marc lui offre une boucle d'oreille.

J-4, Marc lui offre une seconde boucle d'oreille.

J-3, Marc lui offre un bracelet.

J-2, Marc lui offre un collier.

J-1, Marc lui offre une bague.

Jour J. Marc emmène Emma à la fête foraine. Il a réservé la Grande Roue. Pour mieux voir de là-haut, elle choisit la nacelle aux ampoules qui ne clignotent plus. Elle porte la boucle d'oreille et la seconde boucle d'oreille, le bracelet, le collier et la bague. La Grande Roue et ses trente-quatre nacelles se mettent à tourner. Emma regarde en haut, en bas, au loin. Elle n'arrête pas de gesticuler. C'est magnifique, là. Et là, aussi. Toutes ces lumières, une constellation. Elle saute à son cou, l'embrasse sur la joue, le nez et le front. Puis elle se penche pour deviner les gens comme des fourmis mais il fait trop noir alors elle ne les voit pas. Marc n'aime pas ça parce qu'il a le vertige et la tire par le bras. Au quatrième tour, lorsque leur nacelle est tout en haut, la roue s'arrête. Marc observe Emma un moment, prend une grande inspiration et lui dit qu'il veut lui faire un enfant. C'est une affirmation et non une question appelant une réponse. Emma pense au garçon de la plage avec son chapeau rouge et se dit qu'elle aimerait bien avoir le sien, de petit garçon au chapeau rouge. Elle arrête alors de gesticuler et elle s'entortille autour du bras de Marc qu'elle serre fort pendant que la Grande Roue continue de faire ses tours.

DAVID

Cela fait maintenant quatre semaines que David travaille avec Éric. Les premiers jours ont été terribles. Tout était violent, douloureux, épuisant. David serrait les dents pour ne rien laisser paraître. Il étouffait ses plaintes dans le fond de sa gorge chaque fois qu'il portait un sac de ciment beaucoup trop lourd. Il s'essoufflait dans son col roulé en silence, les mailles de la laine lui renvoyant la puanteur de sa sueur acide. Il sentait ses os craquer, ses muscles se tétaniser, ses mains se fissurer. Son corps tout entier réagissant à ce travail éreintant. Éric s'est inquiété quelques fois devant les postures misérables de David, lui demandant à trois reprises s'il ne préférait pas abandonner. David est un petit gabarit, chétif, au visage creusé, aux mains fines, pour tout dire, il a l'air malade. C'est ce qu'a confié un jour Éric à Claire, qu'il soupçonnait David d'être atteint d'une grave maladie et de le cacher.

Mais depuis quelques jours, David semble retrouver des forces. Les cals sur ses mains lui permettent de mieux encaisser les frottements, les pincements et les griffures. Ses biceps et triceps ont changé de forme et supportent maintenant des charges plus importantes. Son endurance grandit et son souffle aussi. Il n'est plus blanc comme la neige, ses joues piquées par le vent sont rouges. Un rouge vif. Vivant. Son appétit a changé aussi. Mimi est ravie de le voir reprendre de la caillette, de la bombine, du hachis, du civet. Il semble même s'être un peu épaissi.

Lorsqu'ils travaillent, Éric et David ne parlent pas. Très peu. Le strict minimum. « Passe-moi le seau », « Ramène-moi trois sacs », « Où est le mètre ? » Ils se regardent peu, échangent peu. Ils ont en général une tâche chacun et s'y tiennent. Éric s'occupe souvent du plus difficile, de ce qui demande le plus de connaissance ou de puissance. Les travaux de David commencent à évoluer. Au début, il n'était que manœuvre et s'occupait surtout des préparations et du nettoyage. Mais aujourd'hui, c'est la deuxième fois qu'Éric lui confie une mission en solo. Il doit repeindre l'atelier de Claire.

Claire est potière. Elle s'est installée dans une des caves voûtées du bas de la maison. C'est une artiste reconnue et ses pièces partent dans des magasins de luxe à Paris, Aix-en-Provence ou encore Lyon. Elle fait des assiettes, des bols, des saladiers, des plats, des tasses et chaque modèle est unique. Elle n'aime pas les ensembles, elle préfère les services dépareillés. Et pour la décoration, elle multiplie les couleurs. Les teintes dépendent de ses humeurs et rien n'est figé. Elle peut, pendant un mois, se consacrer au bleu. Puis le mois suivant avoir la folie du vert. Il n'y a pas de règle. David est fasciné par elle, par son tempérament d'artiste, fougueux et indomptable. Il se sent petit à côté de cette dame. Car Claire est une dame, grande et plantureuse. Sa crinière brune lui donne encore plus de charisme. Elle est à la fois très féminine et très masculine. Jean et baskets sont ses vêtements fétiches, mais elle les accompagne toujours d'un foulard, d'un collier brillant, d'un chemisier brodé. Claire aime les contrastes et la démesure. Elle aime parler et rire fort. Elle chante souvent. Son parfum laisse des traces partout, ses bagues, ses gilets, ses objets traînent, ses mots résonnent beaucoup, elle occupe toute la place qu'Éric n'occupe pas. L'exubérance de Claire est à la hauteur de la discrétion d'Éric. Un couple improbable que David observe, toujours en retrait, mais de plus en plus intrigué. Un homme et une femme, cette vie à deux, ces êtres si différents, partageant les mêmes murs, les jours et les ans, les mots d'amour et les reproches, mêlant leur salive et leurs sèves, accordant leurs maux, acceptant que l'autre soit si près. David est captivé par ça et, lorsqu'il se retrouve seul dans sa chambre, il pense à elle, il pense à lui. Chaque détail de la journée collecté est ressassé. Analysé. Éprouvé. David cherche à travers eux à en savoir plus sur lui. Claire ne le laisse pas indifférent et le ramène à quelque chose d'intouchable. Sa force de femme a un réel impact dans ses tripes qu'il sent vibrer en sa présence. Et avec Éric tout est fluide maintenant. Son physique et ses mimiques lui parlent. Le grain de sa voix aussi. Éric lui est familier, comme un ami de longue date.

Mais parfois David perd pied et l'observation devient obsession et leurs visages l'envahissent la nuit. Ils se déforment, se déchirent et l'angoissent. Lorsque ça arrive, David ouvre grandes les fenêtres et tente d'expulser ces images, se met à tousser et à cracher. Il pousse alors d'étranges râles et sa voix déraille. Lorsque cela ne suffit pas, David se réfugie sous une douche froide. Son corps entier se contracte alors. Son crâne bâillonne son cerveau, ses côtes percent son cœur et toute sa carcasse, refroidie et anesthésiée, peut disparaître. Les démons avec.

NATHAN

C'est un nouveau rendez-vous. Avec le même fauteuil face à la même chaise. Avec Field face à Nathan. Le bureau est toujours en ordre et le commissaire toujours bien repassé. La femme qui ramollit l'acier doit être encore dans les parages.

— As-tu reçu une nouvelle carte ?
— Non.

Le commissaire Field ne perd pas patience. Il connaît Nathan depuis qu'il est enfant. C'est lui qui s'était occupé de l'affaire à l'époque. Alors cet homme en face de lui, mal rasé et mutique, il le regarde un peu comme son fils. Le commissaire ne veut rien lâcher car il pense que Nathan est la clé et que grâce à lui il pourra la retrouver. Mais il y va en douceur. Nathan est fragile et ne sait peut-être pas grand-chose, mais ce pas grand-chose est essentiel.

Et puis il n'y a pas que l'affaire. Il y a l'avant. L'avant qui habite leurs crânes et leurs cœurs. Field a besoin de voir Nathan. Ces convocations sont le seul lien qu'il a avec lui. Avec elle. Si elles cessent, tout s'arrête. Field y croit toujours. Quelque part au fond de lui, il y a cet espoir d'une nouvelle trace, d'une révélation, d'un rebondissement. Il s'accroche à ça, à Nathan, et n'arrive plus à lâcher prise. La passivité de Nathan ne l'aide pas. Field le cherche, lui rentre dedans, espérant le faire réagir et trouver en lui un allié pour cette quête.

De temps en temps, ils arrivent à quelque chose qui ressemble à une conversation parce que derrière leurs pudeurs et leurs armures respectives il y a cet attachement qu'ils aimeraient mettre en mots, mettre en gestes. C'est souvent maladroit et ça finit parfois par des coups de colère car Nathan ne supporte plus que Field se la joue paternel en mal d'autorité. Que Field compense son manque de père, Nathan en a conscience et c'est pour ça qu'il supporte encore ses convocations régulières. Mais, à vingt et un ans, il commence à ne plus pouvoir supporter ses injonctions. Field trouve toujours une excuse pour le convoquer à nouveau. Nathan obéit, espérant chaque fois un peu plus de chaleur, ce qui arrive parfois. Cet homme, même si ce n'est pas simple, occupe une grande place dans sa vie et Nathan, malgré son agacement et sa colère, a besoin de lui.

Aujourd'hui la phrase qui conclut l'entretien est plutôt douce, à l'image du visage parfaitement rasé de Field :

— C'était mon amie et je veux savoir si elle est encore en vie.

Ce n'est pas le commissaire qui dit cela mais l'homme. Et Nathan repart avec cette confidence qui était là depuis toujours mais qui ne se partageait pas.

Nathan rentre chez lui et retrouve sa compagne Erika. Il aimerait lui parler de ça. De ces derniers mots et de tout ce qu'ils représentent. Erika parle avant lui. Elle lui demande pour la dixième fois s'il a validé ses congés pour les prochaines vacances. Nathan dit oui alors que c'est non, se sert un verre de vodka, laisse Erika dans le salon pour rejoindre la chambre, s’enferme, ouvre un des tiroirs de la commode et, sous un tas de vêtements, attrape une carte postale. Qu’il lit. Qu’il relit. Qu’il relit encore.

TESS

Tess a trouvé un banc. Dans un parc. Minuscule au milieu du béton de la ville avec quelques arbres ridicules mais plantés là, comme des épouvantails asséchés au milieu de la jungle urbaine. Elle a déambulé un moment entre ces squelettes de bois, cherchant la lune derrière leurs branches, cherchant le sol supportant leurs racines, cherchant une issue à cette nuit. Elle a trouvé une lumière, celle d'un lampadaire, avec un banc à ses pieds.

Elle est assise maintenant. Droite et fière dans l'attente de son réveil. Ici, plus de passants, ils sont tous dans les grandes et petites rues. Parce qu'ici il n'y a qu'un réverbère et qu'eux ont besoin de plus de lumière. Elle pense à ça, à tout ce tumulte, ces néons, ces pas foulant les pas des précédents, ces rondes sur le bitume, ces carrosseries alignées sur les parkings, ces passages cloutés sans clous et en bandes, ces têtes baissées, ces vies. Ces vies qui se croisent et ne se rencontrent jamais. À cette épaule percutant cette autre. À ces rencontres d'une seconde qui pourraient tout changer.

Tess a trouvé un banc. Et elle voit le livre sur ce banc. Il est insignifiant, léger comme une plume, une vingtaine de pages, presque transparent. Sur la couverture jaune une boule qui pourrait être une boule de cristal et un titre, *La Grande Roue*. Au-dessus du titre, écrit plus petit, le nom de l'auteur, Ray Bradbury. Tess aimerait connaître ce nom et lui donner un regard et un visage. Elle l'ouvre et, dès les premiers mots, entend sa voix.

La fête foraine était entrée dans la ville comme un vent d'octobre, comme le vol sombre d'une chauve-souris sur le lac glacial, dans le cliquetis des os, les plaintes, les soupirs et les murmures au long des toiles de tente battues d'une pluie sombre.

Le froid d'ici n'est plus, il n'y a que le froid de là-bas. De ce monde tissé sur ces lignes. Tess n'est plus raide sur son banc, elle vient de s'adosser sans le faire exprès. Son manteau lui tient chaud maintenant et ses entrailles ne tremblent plus, trop accaparées par ces lettres, ces espaces, ces points, ces virgules et tous ces mots. Comme des mirages dans ce parc sombre illuminé par un seul lampadaire.

La Grande Roue noire se dressait comme une immense constellation d'ampoules électriques contre le ciel noir, silencieuse.

Constellation. Tess aime cette image qui parle des lignes imaginaires, des points que l'on croit isolés parce que les fils entre eux ne sont pas visibles et qui ont besoin d'un regard piqué de magie pour apparaître.

Et Joseph Pikes continuait de monter dans le ciel nuageux pour redescendre ensuite et, à chaque tour, il vieillissait d'un an, son rire changeait, se faisait plus profond, son visage changeait, ses os, ses yeux mesquins, ses cheveux ébouriffés…

Tess veut prendre la place de Joseph Pikes dans cette Grande Roue. Elle veut accélérer le temps et quitter cette nuit. Pour cela elle est prête à prendre des risques, à vieillir de plusieurs années, à se creuser de rides, à hypothéquer sa vie, elle a besoin de cette libération, de ce saut dans le futur, de cet après lui permettant peut-être de comprendre le présent, de retrouver l'avant.

« Arrêtez, arrêtez la roue ! » criait M. Cooger, l'homme, un autre homme avec une autre voix cette fois, qui passait, paniqué, et remontait vers le ciel dans le sifflement rugissant de la Grande Roue.

La peur est déjà là, en elle, tapie dans ses veines, ses globules, son derme, ses neurones, ses nerfs, sa mœlle, alors quelle importance de faire un tour de plus. Tess, à la place de Joseph Pikes – M. Cooger, dans ce siège baquet noir, avec cette constellation d'ampoules et ces éclairs fendant le ciel, ne crierait pas : « Arrêtez ! » mais plutôt : « Continuez que je puisse avancer ! » Elle veut avancer. Elle veut être vue. Elle pourrait se déshabiller dans l'avenue jouxtant le parc entre les bus et les taxis, pour que nue au milieu de la ronde les regards s'arrêtent sur elle et ne voient qu'elle. Elle pourrait se lever et faire ça. En rajoutant des cris, des grimaces, des spasmes, des vomissements et des gestes obscènes. Mais elle ne se lève pas car elle sait que personne ne la verra.

Le vent effleurait et poussait le siège de bois noir et berçait d'un murmure enjôleur son occupant sous la pâle lumière de la fête foraine.

C'était un squelette, avec dans les mains un sac en papier plein de billets et sur la tête un chapeau melon de couleur marron.

Tess met sa main sur sa tête mais ne trouve pas de chapeau melon. Elle pose la main sur ses cuisses et rencontre sa chair. Elle n'est pas squelette. Elle va pouvoir reposer le livre et reprendre sa marche dans l'espoir de trouver bientôt une Grande Roue pour changer de dimension.

EMMA

Septembre à décembre 1988

Emma vient de passer les deux dernières semaines enfermée dans l'appartement. Elle se moque du soleil, du sable, des churros et des vagues. Elle veut que son travail soit parfait. Elle veut que ses dessins plaisent. Elle veut que son entretien soit une réussite. Elle ne pense qu'à ça. C'est Sarah, une amie de Marc, qui a remarqué les croquis sur ses cahiers. C'est vrai qu'il y en a partout. Sarah lui a posé plein de questions sur sa formation et ses techniques. Mais Emma, n'ayant ni école ni méthode, a été incapable de répondre. Elle a simplement parlé de son envie omniprésente de dessiner. Sarah, enthousiasmée par son trait, lui a tout de suite proposé d'envoyer quelques dessins à la rédaction de son magazine, une revue féminine à succès qui publie chaque mois un roman graphique. Cette parution est souvent un tremplin pour de futures publications, a souligné Sarah. Les yeux d'Emma ont brillé et elle s'est mise au travail sans s'arrêter.

Marc, enthousiaste les premiers jours, l'est de moins en moins. La vaisselle du matin traîne souvent dans l'évier en fin de journée, le lit défait, le repas du soir oublié, les miettes de la veille sur le sol et les tables encombrées de feuilles gribouillées. C'est le mot qu'il emploie maintenant quand il parle de ses croquis : des gribouillis. Il ne dit pas ça devant elle mais à son collègue de l'agence. Il y a des jours où il les ramasserait tous pour les mettre en boule dans la poubelle. Pour faire propre. Pour qu'ils ne prennent plus toute la place. Mais Marc se retient, il se dit qu'une fois ses dessins envoyés et refusés, tout rentrera dans l'ordre.

Emma doit acheter une enveloppe spéciale. Elle reste un long moment dans la papeterie. Elle marche au ralenti et n'arrive pas à se concentrer sur quoi que ce soit. Elle ne comprend pas trop ce qui lui arrive au début. Puis se souvient de ces amoncellements de papiers qui, petite, l'oppressaient. De ce magasin, celui de ses parents, qui vendait cahiers, stylos, livres et matériel bureautique. De ce coin, derrière les tas de cartons, où elle les attendait silencieuse. Après l'école, elle les rejoignait à la boutique. Ils ne lui demandaient jamais comment sa journée s'était passée, ne lui proposaient pas de goûter, ne cherchaient pas à savoir ce qu'elle pourrait bien faire dans son coin. Parfois même elle entrait et ils ne la reconnaissaient pas. Elle était une cliente comme les autres et ils ne s'inquiétaient pas de ne pas voir leur fille arriver. Emma s'est crue furtive un moment. Cela lui donnait un certain pouvoir. Elle pensait contrôler la situation. Être maître de ses disparitions. Une sorte de super-héros de l'invisibilité. Mais elle réalisa rapidement que c'était beaucoup moins glorieux que cela, qu'elle n'était pas furtive mais transparente. Et que c'était ses parents qui, petit à petit, l'effaçaient.

Emma erre donc dans cette papeterie qui la renvoie à son évanescence. Les odeurs et les composantes de ce lieu résonnent et la court-circuitent. Elle met un moment à retrouver ses esprits et à se rappeler du pourquoi de sa présence ici. C'est le stagiaire qui la réveille, l'accompagne aux rayons des enveloppes, l'aide à choisir la bonne taille, lui rend la monnaie à la caisse et la salue quand elle sort.

Dehors, Emma se rapproche d'un bout de verdure, s'accroupit, pose ses mains sur l'herbe et se remplit à nouveau.

Les dessins sont dans la boîte aux lettres et partent pour Paris. Emma essaie de retrouver son train-train mais cette perspective éditoriale occupe toutes ses pensées. Elle reprend sa mécanique quotidienne sans être vraiment là. Elle fait tout à moitié et sans grand intérêt. Les jours et les semaines passent. Paris ne dit rien et Emma se recroqueville dans les bras de Marc. Son mari la serre fort, heureux de ne l'avoir que pour lui. Il l'embrasse et la cajole et Emma se remet à prendre soin de lui. Elle y met encore plus de cœur, consciente de l'avoir délaissé un moment. Elle finit par se dire que ses dessins sont du vent et que l'essentiel est ailleurs. Dans ce qu'elle vit avec Marc, dans ce quotidien sûr et réconfortant, dans cet amour puissant et dans tout ce qu'il fait pour elle. Elle n'a pas besoin d'autre chose finalement. Si, d'un enfant. Marc lui a demandé un enfant et oui, c'est le moment. C'est parfait. Les hormones d'Emma froissent le papier et prennent le relais des croquis. La poupée rousse ne laisse plus de répit à Marc. Elle l'attend chaque soir avec impatience. Elle cuisine de grands mets qu'elle sert avec du bon vin pour le mettre en appétit. Pour qu'il la désire et qu'elle l'enfourche.

Quelques jours avant Noël, Emma relève ses cheveux en chignon et parfume son corps de monoï à la fleur de tiaré. Elle met une robe blanche, longue et vaporeuse. Elle se maquille discrètement et choisit deux pierres brillantes pour ses oreilles. Elle est belle. Elle est enceinte. Marc ne le sait pas encore. Elle éparpille des bougies dans tout l'appartement, met un album de Sade sur le tourne-disque, baisse les lumières, resserre son chignon, s'assied, se relève, desserre son chignon, vérifie la mousse au chocolat, sort sur le balcon pour prendre un bol d'air, resserre son chignon. Marc rentre enfin.

Il dit : « On n'y voit rien dans cette grotte », souffle les bougies et rallume les lumières.

Il dit : « Mais qu'est-ce que tu as fait à tes cheveux ? Tu sais que je n'aime pas quand tu les attaches » et il défait son chignon.

Il dit : « Ça sent le brûlé » et il va dans la cuisine vérifier les casseroles.

Il demande : « C'est pour quoi tout… tout ça ? » et elle répond : « C'est pour t'annoncer que nous allons avoir un bébé. »

Et il ne dit plus rien. Ne fait plus rien. Immobile au milieu des bougies sans flamme, il se met à suffoquer. Il a du mal à respirer. Il continue de se taire, s'approche de sa poupée rousse, lui offre un sourire immense et la serre fort dans ses bras. Si fort qu'il lui fait mal. Mais elle ne dit rien parce que jamais personne ne l'a serrée comme ça, aimée comme ça. C'est tellement bon ce torse écrasant le sien.

DAVID

La neige est tombée à gros flocons cette nuit. Scellant les portes et les ruelles. Transformant le village en iceberg impénétrable. Pour quelques heures seulement car ici les hommes sont habitués à elle. Ils ont les outils et le mental pour la dompter.

David profite de cette prison blanche pour traîner au lit. Il est en manque de sommeil. Ses nuits sont agitées, troublées par des rêves insensés, et il a besoin de retrouver des forces. Sous la couette, il tourne et transpire. Son corps est parcouru de pincements, de fourmillements, de contractions en permanence. Il ne se souvient plus quand ses délires ont commencé. Des années. Il lui arrive parfois de voir sa peau rougir, ses os grossir, sa poitrine gonfler, son ventre disparaître, ses poils changer de couleur, ses jambes s'allonger. Les premières fois, ces visions le bouleversaient. Il manquait de s'évanouir. Aujourd'hui il vit avec. Il n'a pas consulté de médecin de peur qu'on l'enferme pour schizophrénie. Même s'il n'est pas fou, simplement fragile et différent. Amnésique aussi. Il vit dans cet état second depuis si longtemps. Il se poste parfois nu devant le miroir et s'observe afin de démêler le vrai du faux. Est-ce vraiment sa main ? Cette oreille est-elle la sienne ? Il a souvent peur de lui-même. Des crises d'angoisse le submergent alors et l'inondent de sueurs froides. Il se recroqueville pour se calmer. Il respire fort par la bouche et l'odeur de sa transpiration l'apaise, même s'il ne se reconnaît pas en elle ; ce parfum d'un autre lui fait du bien. David pense souvent qu'un jour il se réveillera complètement métamorphosé en cet autre. Quand il l'imagine libre et sauvage cela lui convient, mais parfois c'est une vision de vermine, d'insecte kafkaïen, avec carapace, pattes et poils hideux.

David n'en peut plus de ruminer sous la couette. Il la balance sur le sol et se redresse. Il a besoin de prendre l'air. Il se jette sous la douche puis empile les couches de laine et de polaire. Sa porte est bloquée par des mètres cubes de neige. David s'en moque. Il prend ses raquettes, grimpe sur la mezzanine, ouvre la fenêtre et descend le long de la gouttière pour rejoindre rapidement le haut de la dune blanche. David n'est pas très à l'aise avec ses deux grilles de plastique sous les semelles. Il marche tel un canard dans les rues désertes du village. La neige, douce et gonflée, absorbe les sons et habille l'espace de silence. David déambule sur elle empoté mais léger. Il aime sa démesure matinale. Grâce à elle, l'horizontalité a perdu de sa rigidité. Tout est plus souple et vaporeux. La symétrie a disparu et les repères ne sont plus les mêmes. Les façades, découpées et rapetissées à cause de ces montagnes de neige, se succèdent étrangement. Les arbres enchaînent les révérences sous le poids de leur épais manteau blanc. David admire aussi l'eau gelée devenue sculpture brillante et précieuse, les peintures de givre sur les vitres, les empreintes parfaites des oiseaux de l'hiver, le soleil opalescent, la poudre blanche sur la lauze grise.

Il arrive chez Micheline. Sa porte est infranchissable pour le moment. David escalade le mur de pierre jusqu'à la fenêtre de l'étage. Il frappe au carreau comme on frappe à une porte et Mimi ouvre la fenêtre comme on ouvre une porte. Elle se réjouit de cette visite et n'est pas surprise par son caractère aérien. Elle a les cheveux en pétard, coiffés par la nuit, et s'est emmitouflée dans une épaisse robe de chambre en flanelle bleue. Sa tignasse crayeuse et ses grands yeux brillent. David est tout de suite réchauffé par eux.

— C'est bien que tu sois venu me voir. C'est bien. Je vais nous préparer un bon petit thé et j'ai de la brioche d'hier. Viens. Viens t'installer près du feu.

David la suit tout en ôtant son blouson.

Il s'assied sur un tabouret près des flammes et la regarde mettre de l'eau dans la bouilloire et la bouilloire sur le fourneau. Il regarde ses rides et ses creux. La vivacité qui se dégage d'elle contraste tellement avec les marques sur sa peau. Son enveloppe charnelle flétrie et usée avec ses airs juvéniles. Mimi a l'air d'une gamine dans un corps de vieille. David la rencontre souvent au détour d'un sourire, d'un mot et il aime son impertinence.

— Tiens. Fais attention, c'est bouillant. J'ai rajouté un peu de thym. Il faut toujours rajouter un peu de thym, il repousse tous les diables.

— Merci Mimi. Vu ta santé, je veux bien te croire.

— Alors comme ça, tu sors à l'aube un jour de grand blanc. Ça y est, en seulement deux mois, tu es devenu un vrai montagnard. Ça doit pourtant te changer d'Avignon ?

— Oui, c'est sûr, mais j'aime bien.

— Tant mieux ! Je te trouve bonne mine. Tu as changé.

David baisse les yeux. Il pense à sa métamorphose perpétuelle et il a un peu honte. Il se dit que si elle savait, elle trouverait ces changements beaucoup moins réjouissants. Au même moment, il regarde ses ongles et les trouve différents. Il se dépêche de relever la tête pour se concentrer sur autre chose. La boîte à gâteaux comme diversion. Il lui parle des croquants aux amandes qu'elle lui avait fait goûter la dernière fois. Et ils enchaînent sur la farine du père Soubeyran, puis sur la chorale du jeudi, les livres du bibliobus, la soupe de châtaignes, les poupées de Maya, les avions de chasse qui polluent le silence, les téléphones tactiles, les poteries de Claire.

— Tu as fait du bon boulot. Il est très beau son nouvel atelier.

— Merci, mais Éric y est pour beaucoup.

— Tu n'en as pas marre de tout le temps te dévaloriser, s'énerve Micheline. Je suis sûre que tu es plein de talent ! Tu faisais quoi avant ?

David esquive :

— Rien de bien intéressant. Je veux bien encore un peu de tisane et que tu me racontes une histoire.

— Tu veux quoi comme histoire ?

— Comme tu veux... La tienne, la vôtre, celle d'Éric et de son frère...

Mimi la bavarde ne se fait pas prier et commence :

— Mes neveux... Quel duo invraisemblable. Oui, il y en a des anecdotes avec eux, on pourrait écrire un livre. Tout petits déjà on savait qu'ils venaient de deux planètes différentes. Éric était beaucoup plus jeune que son frère et il se laissait porter par lui, par cette grande gueule, par ce fanfaron que j'appelais Captain. Lui, ce grand gaillard fier prenait ça comme un compliment soulignant sa grandeur, mais moi c'était juste pour surligner sa bêtise. Celle de celui qui se croit supérieur et commande tout le monde, tout le temps. C'est terrible à dire mais je n'ai jamais aimé Captain. Même quand il pleurait avec de vraies larmes, celles que son père n'arrêtait pas de lui infliger à grands coups de poing dans les mâchoires. Plus il se faisait tabasser, plus il renforçait son armure de Captain. J'ai pas su le consoler, j'ai pas pu, et puis je me disais que ma sœur s'en occupait, que c'était elle la mère après tout. En fait, elle s'est écrasée et moi j'ai rien voulu voir. Je préférais m'occuper de mon petit Éric, discret et facile, que son père ignorait, que sa mère oubliait et que son grand frère malmenait. C'est bizarre des fois ce qu'on fait malgré soi. Comme on se trouve lâche après, extrêmement lâche.

— Dis pas ça Mimi, tu es une personne...

— Lâche. Si je n'avais pas été lâche je me serais occupé de ce gamin et je l'aurais aidé. Car sous sa carapace de Captain, c'était qu'un gamin.

— Tu penses que ça aurait pu changer quelque chose ?

— Ça aurait pu tout changer.

La voix de Micheline se charge d'un coup. Ces derniers mots, elle les dit avec tellement de tension que David se met à frissonner alors que le fourneau lui brûle le dos. Ses mots pèsent des tonnes. David ne sait quoi répondre. Se dit qu'il n'y a rien à répondre. La phrase est tranchante et la conviction de Mimi inébranlable. C'est elle qui reprend le fil de la conversation. Son ton a changé. Elle murmure presque :

— Tu sais, je raconte souvent n'importe quoi, je n'aime pas me prendre au sérieux, mais quand je te dis que ça aurait pu tout changer, c'est une certitude. L'effet papillon... tout en ce bas monde peut avoir des conséquences terribles, ce qu'on fait comme ce qu'on ne fait pas. Peut-être que quelques-unes de mes caresses auraient pu modifier le... Mais, il est mort. Le Captain est mort alors...

— Alors arrête de te prendre la tête ! lance David en tentant de rire et de la faire rire.

— Oui, tu as raison. Et puis qu'est-ce qui me prend de tout plomber avec ça ?! Il y a quand même plein d'anecdotes sympathiques avec mes neveux...

Micheline s'apaise et esquisse un sourire. Elle se souvient de ce jour de février et se détend. Captain avait entraîné Éric pour une mission Saint-Valentin. Tels des messagers de l'amour, ils avaient rempli les boîtes aux lettres du village de mots doux. Ils les avaient rédigés dans la nuit, les avaient signés Monique, Pierre, Lucien, Florence, Francine... puis s'étaient amusés à les poster aux destinataires de leur choix, créant ainsi quelques couples surréalistes. Leur expérience créa plus de trouble que prévu. En effet, ils n'avaient pas tenu compte des couples mariés et des liens de parenté. Les mots fictifs de Julien Marcon s'étaient donc retrouvés à déclarer leur flamme à la femme du maire et la fille Riffard à son oncle Robert. Une légère tension demeura le temps que la farce soit révélée.

— Mais grâce à eux, Simon, vieux garçon du village, et Lucie, l'institutrice, se sont trouvés. Une fois la manigance dévoilée, ils ont poursuivi cette correspondance et sont toujours ensemble !

Quelques coups de pelle contre la porte viennent clore la conversation. David se lève et remercie Mimi pour le thé. Les ruelles sont maintenant dégagées, il sort de l'igloo et rejoint la maison d'Éric afin de poursuivre le travail en cours. Éric est en train de bricoler le moteur de son tracteur.

David l'observe. Quelque chose a changé. Sûrement l'ombre du Captain qu'il y a maintenant derrière lui.

NATHAN

Nathan ne s'y attendait pas. Field l'a convoqué. Ça faisait des mois qu'il n'avait plus de nouvelles. Il pensait que Field était passé à autre chose.

Mais Nathan est de nouveau dans le bureau de Field. Un bureau sens dessus dessous. Il y a des emballages collants, des enveloppes encore cachetées, des boules de feuilles froissées, des dizaines de paquets de chewing-gum vides, des post-it gribouillés... Il y a des petits tas un peu partout dans la pièce. Il y a aussi un cendrier plein et des bouteilles vides. C'est mauvais signe. L'amoureuse du téléphone ne doit plus être à l'autre bout du fil.

Avant de prendre la parole, Field tousse. Et crache. Et jure. Et râle. Et tousse. Nathan qui ne se grattait plus depuis plusieurs semaines sent que son psoriasis la ramène. Il ne peut plus voir Field dans cet état. Il ne veut plus qu'on parle de tout ça. Il veut tourner la page. Mais Field est encore là face à lui. Et Nathan comprend que Field ne lâchera jamais parce qu'il y a ce fantôme assis sur le bureau. Nathan ne sait plus s'il doit lutter contre ça ou tout simplement l'accepter.

— Ta mère n'est pas morte.

Ce sont les premières paroles de Field après la toux et les jurons. Implacables.

— C'est une certitude. Il me faut seulement un peu plus de preuves. Et je la retrouverai.

Field vient de faire un nouveau plongeon dans le passé. Nathan se tait car il sait que l'homme en face de lui n'est plus en état de l'entendre. Alors il laisse le flot se répandre :

— Et je retrouverai aussi ta sœur. Tellement d'années que je ne l'ai pas vue. Son grand sourire... Tu te souviens de son grand sourire ?

Nathan aimerait être en colère contre lui. Lui balancer ses mégots et sa bouteille à la figure et lui dire qu'il est épuisé par ses délires d'alcoolique. Que ce ne sont que des conneries et que lui, le commissaire Field, n'est qu'un homme brisé qui ne se relèvera jamais car il y a trop d'absentes dans sa vie pour que son squelette tienne droit. Quand on a subi comme il a subi, on ne peut que se ratatiner un peu plus. Journée après journée. S'enfoncer. Field plonge depuis longtemps maintenant. Et Nathan observe, impuissant, Field se rapprocher du fond. Il lui en veut souvent de vouloir l'entraîner avec lui. Il lui en veut souvent de lui faire croire à des sirènes qui n'existent pas. Pourtant, aujourd'hui, cette phrase, « Ta mère n'est pas morte », prononcée avec tant d'assurance déstabilise Nathan. Et si Field avait raison. Et si sa mère était toujours en vie.

TESS

Tess a fait plusieurs fois le tour de la ville et sait qu'il n'y a pas de Grande Roue ici. Mais elle continue de marcher pour combattre le froid et tenter de trouver cette issue qui peut être cachée partout ailleurs. La fameuse porte vers l'autre monde. C'est ce passage secret qui lui donne la force de tenir et de ne pas s'effondrer sur le trottoir gelé à la merci des passants vides et des chiens sauvages. C'est déjà le cinquième qu'elle croise. Celui-là n'est pas gros, au contraire il est maigre, on voit ses côtes percer son pelage blanc. Blanc sale, presque jaune. Il a une tête de tueur avec un regard noir et brillant, qui suinte plus qu'il ne brille. Il est entre deux voitures garées et montre les crocs sans s'arrêter. Il grogne sans aboyer. Il porte une laisse qui traîne au sol. Attaché à rien, il est libre de ses mouvements et peut mordre à tout moment. Tess accélère le pas pour ne plus le voir, ne plus le craindre, et prend la première ruelle sur sa droite. L'obscurité est encore plus opaque. Dans ce passage étroit, où les murs des immeubles se dressent de chaque côté, Tess relève la tête et voit enfin quelque chose qui l'apaise. Une bande de ciel criblée d'étoiles. Ces lumières de là-haut sont douces et veillent. Là-haut, c'est peut-être là que se trouve la porte vers l'autre monde. Le trou noir pour passer d'un univers à un autre. « Être engloutie par lui », pense Tess même si ce mot lui fait peur.

Une lumière au fond de la ruelle la sort de sa torpeur. Un néon bleu. Les talons de Tess claquent à nouveau. Le néon dessine des lettres. C'est un bar. Un homme garde la porte. De loin, Tess le voyait très grand, large sous sa veste grise, gonflé, gigantesque, comme un gorille en costard. Mais maintenant qu'elle est devant lui, elle réalise que ce n'est pas du tout ça. Que le gardien est à peine plus grand que la lilliputienne qui n'en était pas une, qu'il est imberbe et nage dans son costume. Tess se demande si elle peut encore se fier à ses yeux, si ce qu'ils lui racontent est fiable, du moins pas trop dangereux. Le videur minuscule scrute la jeune femme avec sa robe rouge et son bonnet noir et il appuie sur un bouton qui ouvre la porte. Tess ne baisse pas le regard pour le remercier et s'engouffre à l'intérieur.

C'est un four. L'air ici est chaud. Bouillant. Tess sent des fourmillements dans tout son corps. Ses extrémités, engourdies par le froid, se réveillent. C'est étrange, douloureux et agréable en même temps. Un long couloir vide et éclairé de rouge lui permet de faire quelques pas pour se dégourdir. Au bout de ce couloir une autre porte. Plus petite, avec un homme plus grand devant. Le second videur la scrute à nouveau, semble hésiter, puis pousse la poignée. L'immobilité et le silence s'évanouissent d'un coup, laissant place à une foule et une voix. La salle aux plafonds bas est bondée. À gauche, le bar. À droite, la scène. Entre les deux, une centaine de personnes aux visages faiblement éclairés tendus vers les musiciens. Le batteur, sur une estrade, surplombe les autres. Le bassiste se déplace et occupe l'espace. Le pianiste fait face au public, droit entre ses deux claviers. Le chanteur est immense. Un colosse au ventre rond et aux épaules larges. Avec ses longs cheveux blonds, son cuir et ses lunettes noires, il offre au micro des notes vertigineuses. Allant du très grave au très aigu. Tess observe tout ça pour être sûre car elle sait que sa vision la trompe et qu'elle ne peut lui faire confiance. Mais l'image ne change pas. La réalité est celle-là. En tout cas pour le moment.

Tess est plantée au milieu de la foule. Ces corps qu'elle sent contre elle lui redonnent la conscience du sien. Elle renifle les odeurs. Tabac, mélange de parfums et d'odeurs corporelles, alcool, elle aime ça. Se rapproche des corps autour pour sentir un peu plus leurs sueurs. La musique s'infiltre en elle. Tess ferme les yeux et penche sa tête en arrière. Lâcher prise. La chaleur de cet instant la pénètre. Elle sent les lèvres qui murmurent, les oreilles qui frémissent, les peaux érectiles, les mains qui se tortillent, les pulsations cardiaques, les sexes humides, les ventres qui se contractent. Elle se rapproche encore. Plus près d'un corps. Toujours les yeux fermés. Elle aimerait lui dire « Serre-moi fort ». Elle se tait et se rapproche encore. Le corps ne la serre pas fort mais se frotte contre elle et la réchauffe un peu plus. Elle ne cherche pas à savoir à qui il appartient. Peu importe. Elle se frotte elle aussi. Imperceptiblement. Une chanson passe. Deux. Psychédéliques et envoûtantes. À la troisième, Tess se détache de ce corps. Elle est bien ici mais elle ne peut pas rester. Elle a une porte à trouver. Une issue à cette nuit. Elle retrouve la petite entrée avec le grand monsieur. L'homme la regarde mais différemment. Il ne la scrute pas comme tout à l'heure. Il la dévisage. Il semble inquiet. Il parle.

— Madame, je peux vous aider ?

Tess ne comprend pas, ne répond pas.

— Votre visage… Ne bougez pas, je vais chercher la patronne, elle va s'occuper de vous.

Le videur s'en va et Tess reste là, perplexe.

Elle reste immobile quelques secondes puis ouvre la porte et sort. Elle n'a pas que ça à faire.

EMMA

7 juin 1989

Aujourd'hui Emma est allée faire des courses. Son ventre rond ne rentre plus dans aucun de ses tee-shirts. Même les plus larges ne font plus l'affaire. Elle veut se trouver de beaux vêtements pour se mettre en valeur et plaire à Marc. Depuis quelques semaines, il est plus distant. Lui qui la désirait tout le temps ne la touche plus. Elle savait que la grossesse c'était compliqué pour certains hommes, mais elle ne pensait pas que ça lui arriverait. Heureusement, concernant le bébé, tout va bien. Tous les soirs, il pose sa main sur le ventre d'Emma et parle à son enfant. Il revient souvent du travail avec un cadeau pour lui qu'il dépose religieusement dans la malle qui lui est réservée en attendant que sa chambre soit terminée. Cette future paternité le porte et le réjouit. Mais Emma a du mal à s'épanouir car elle n'est plus que celle qui porte l'enfant, qui doit faire attention à ce qu'elle mange, qui ne doit pas fumer une seule cigarette, qui devra allaiter car c'est bon pour le bébé. Marc surveille tout ce qu'elle fait et lui demande chaque jour de monter sur la balance pour être sûre qu'elle ne prenne pas trop de poids. Cette attention particulière fait tout de même sourire Emma qui trouve cela touchant. Les préoccupations de Marc, bien qu'un peu démesurées, rassurent finalement la future maman. Il sera un bon père, présent et prévenant. Tellement de femmes souffrent de l'indifférence de leurs maris durant ces mois de grossesse, c'est une chance que le sien soit aussi impliqué.

Emma passe la matinée dans les magasins. Elle choisit les robes les plus décolletées, les tissus les plus près du corps pour mettre en valeur ses formes. Elle s'achète également deux beaux ensembles de lingerie même si elle sait que ces parures seront éphémères et qu'après l'accouchement elle nagera dans ces bonnets grandes tailles. Emma a une magnifique poitrine et elle aimerait que Marc l'embrasse, la caresse, la mordille. Son désir grandit au fil des semaines. Son système hormonal est en grande forme et décuple sa libido. Elle a besoin que Marc se réveille et comble ses ardeurs.

Quand elle rentre chez elle, Emma trouve deux enveloppes dans la boîte aux lettres. Les deux lui sont adressées. Sur l'une d'entre elles, elle reconnaît l'écriture de Martin. Il lui écrit depuis toujours. Déjà tout petit, il griffonnait quelques mots sur des bouts de papier qu'il glissait dans sa trousse. Et il lui envoyait des cartes postales chaque fois qu'il partait en vacances. Les cartes sont devenues des lettres parce que pas assez de place pour tout lui raconter, pour tous ces mots qu'il avait pour elle. Emma l'ouvre tout de suite, dans le hall de l'immeuble, parce que ça fait des mois qu'elle ne l'a pas vu et qu'il lui manque. Il y a quatre pages qu'elle relit deux fois. Martin va bien. Il s'est installé dans une grande ville à soixante-dix kilomètres d'ici. Il travaille trop et avec passion. Son supérieur est un peu dur avec lui mais il apprend beaucoup sous ses ordres donc il supporte. Il est parti quelques jours à Barcelone et il a pensé à elle car il sait que c'est une ville dont elle rêve. Il lui promet que la prochaine fois il l'emmènera. Il s'excuse de ne pas lui donner plus de nouvelles mais que pour l'instant c'est un peu compliqué, qu'il donne tout dans son travail afin de gravir au plus vite les échelons et aussi parce que, surprise, il a rencontré quelqu'un. Une fille bien. Il ne s'étend pas sur le sujet. Il ne l'a jamais fait. Comme une impression de la tromper. Puis il consacre deux paragraphes à lui poser des questions allant de « Tu te souviens du prénom de Mme Dormon ? » à « Est-ce que le bébé bouge ? » en passant par « Comment tu te sens ? ».

Emma monte les marches en sifflotant. Martin est tellement important. C'est lui qu'elle a appelé le jour où sa mère s'est écroulée dans la cuisine à cause de ses calmants. Ils avaient dix ans. Et c'est lui qui a été là ensuite, chaque fois que sa mère retombait sur le carrelage. Lui encore qui lui disait de ne pas s'en faire pour son père, qu'un jour il serait plus souriant, plus tendre. C'est lui qui avait suivi Emma lors de son premier dérapage alcoolique, la laissant faire, pour qu'un peu ivre elle se sente mieux, mais contrôlant le monde autour pour qu'il ne lui arrive rien, jusqu'à la border dans son lit en lui laissant un petite bouteille d'eau, tout près, et en s'endormant dans le fauteuil, tout près. C'est lui qui la prenait dans ses bras quand elle cherchait un corps pour définir les limites du sien et combler les grands vides qui creusaient ses entrailles. Elle sentait bien que Martin n'était pas à la hauteur. Qu'il n'était pas assez grand, pas assez fort, pas assez sûr pour tout remplir. Mais c'était déjà ça.

Puis Emma ouvre la seconde lettre. C'est un courrier du rédacteur en chef de Sarah. Emma est prise d'une vague de panique. Elle avait tellement souffert de ne pas recevoir de réponse à son projet qu'elle l'avait complètement occulté. Il n'existait plus et là, en quelques secondes, il jaillit à nouveau. Emma tente de calmer ses mains qui tremblent et se met à lire. Le rédacteur commence par s'excuser de cette réponse tardive, lui explique que ses dessins ont été négligemment classés par une secrétaire et qu'il ne les découvre qu'aujourd'hui. « Et quelle découverte ! » s'exclame-t-il. Il est élogieux sur son trait de crayon, sur l'énergie de ses personnages, sur le ton décalé qu'elle utilise, sur sa poésie. Et il conclut en disant que ce serait un honneur pour lui de l'éditer dans son magazine. Il lui demande de lui transmettre au plus vite de nouvelles idées, le format qu'elle envisage, ses conditions financières, et lui transmet ses plus sincères salutations en lui promettant qu'ensemble ils feront de grandes choses.

Emma s'assied. Elle pose la feuille sur la table et regarde droit devant elle. La baie vitrée et le bleu du ciel. Elle pose religieusement ses mains sur le courrier et défroisse le papier qui n'est pas froissé. Elle insiste jusque dans les coins. Une caresse appuyée pour plus de présence. Parce que le moment est fort.

Emma prend une grande inspiration et bondit de sa chaise malgré ce ventre tendu qui pèse mais qui est beau, encore plus beau maintenant que celle qui le porte rayonne. Emma est en liesse et compte bien faire de cette soirée un soir de fête.

Elle ouvre le réfrigérateur, regarde s'il y a de quoi préparer un bon petit plat, opte pour le porc au caramel, constate qu'il n'y a qu'un fond de sauce soja, court à l'épicerie de quartier pour en acheter une nouvelle bouteille, commence à cuisiner, coupe la viande, la fait revenir, coupe les oignons, les fait revenir, réalise qu'elle n'a pas assez de sucre pour le caramel, redescend à l'épicerie, remonte, s'assied et souffle pour apaiser quelques contractions, prépare le caramel, le verse sur la viande et les oignons, rajoute la sauce soja, de l'eau, du poivre, met le couvercle, laisse mijoter, va sous la douche, se rase les aisselles et se lave les cheveux, s'épile les sourcils, se passe du lait parfumé sur tout le corps, met son premier ensemble de lingerie, puis lui préfère le second, puis revient au premier, enfile une de ses nouvelles robes, celle avec le plus beau décolleté, se maquille les lèvres et les yeux, se parfume, et va s'allonger dans le canapé pour se reposer de tout ça. Mais à peine s'assied-elle que la clé tourne dans la serrure. Emma se redresse. Se relève. Et va à la rencontre de son bien-aimé.

Marc a un paquet dans les mains, un nouvel habit pour le bébé. Il s'apprête à embrasser Emma qui rougit puis s'arrête. Net. Il fait un pas en arrière, se fige et scrute sa poupée de la tête aux pieds. Emma sourit avec gêne car même si elle aime lui plaire, elle a du mal lorsqu'il la dévisage. Elle le regarde avec gourmandise tout en se mordant les lèvres. Et imagine déjà sa peau nue contre la sienne. Il fait un pas en avant cette fois et se retrouve nez à nez avec elle. Il la regarde de haut puisqu'il est bien plus grand qu'elle et elle peut sentir son parfum qui l'envahit. Elle est sur le point de lui donner un baiser quand il se met enfin à parler :

— Va te changer.

Il dit ça en articulant exagérément, dans une maîtrise parfaite, avec une voix grave, beaucoup plus grave que d'habitude. Cette injonction paralyse Emma qui cesse de battre des cils et de respirer.

— Tu m'as entendu ? Va enlever cette robe vulgaire et nettoyer tout ce rouge de ta bouche.

Le corps d'Emma se met en mouvement et obéit à l'ordre venu tout fracasser. Face au miroir de la salle de bains, elle frotte ses lèvres tout en fixant le rimmel dégoulinant sur ses joues. Elle hoquette sans se rendre compte que ses hoquets sont des sanglots. Elle laisse tomber sa robe, son soutien-gorge et sa culotte sur le carrelage. Elle regarde à nouveau son reflet et ses larmes noires puis, sans un mot, rejoint la chambre, ferme la porte et se glisse sous les draps sans entendre les mots que Marc lui envoie du salon. Elle ferme ses paupières, se débranche et s'endort.

Marc est contrarié. Par le déguisement de sa poupée. Par ce porc au caramel qu'il a goûté et qu'il trouve trop sucré. Par le courrier de ce soi-disant rédacteur posé sur la commode qu'il a lu et qu'il a déchiré avant de le jeter à la poubelle. Par les épluchures qu'Emma a laissées à côté de l'évier et qu'il balance par-dessus la lettre en miettes. Marc est contrarié et il a besoin d'un remontant. Il boit quelques verres de whisky, fume une dizaine de cigarettes et finit par s'écrouler sur le canapé.

Il est sept heures trente. Marc entre sans frapper dans la chambre. Emma sursaute. Encore un peu dans le brouillard, la phrase d'hier lui revient en mémoire. « Va te changer. » Emma sent sa mâchoire se figer et son thorax se contracter. Mais aujourd'hui est un autre jour et Marc est à nouveau Marc. Il lui apporte un plateau avec une tasse de thé, un jus d'orange pressé, deux tartines beurrées, un œuf à la coque et un morceau de comté comme elle aime. Il pose sa main sur son ventre qu'il caresse et murmure quelques mots pour le bébé. Emma se détend doucement et ses mains sur son ventre lui font du bien. Elle le regarde, si tendre, et lui dit :

— J'ai quelque chose à t'annoncer. Je...

— Oui, je sais, la coupe-t-il. J'ai lu le courrier. Mais maintenant il faut penser au bébé. On en reparlera à l'automne. Je dois y aller. Passe une bonne journée ma poupée.

Ma poupée. Chaque fois que Marc prononce ce mot, Emma fond. Elle se retrouve devant ce stand de fête foraine à hésiter entre les gaufres et les pommes d'amour, puis en haut de cette Grande Roue, puis sur la plage près des vagues. Ma poupée. C'est le mot du bonheur avec un grand B. Ma poupée. Quand il l'appelle comme ça, elle se sent exister. Rassurée.

Marc la serre dans ses bras géants. Très fort. Trop fort. Emma aime ça.

DAVID

Le travail est ralenti depuis quelques semaines. Les chutes de neige s'enchaînent. La burle et les congères rendent les routes difficilement praticables. Le village se laisse porter par cet isolement et les coupures de courant. Les matériaux n'arrivent plus de la vallée et certains sont obligés de suspendre leurs travaux dans l'attente du ciment, de la faïence, des moellons. Éric, lui, ne s'arrête pas. Il avait tout prévu, tout en stock, pour ne pas être tributaire de la météo. Les autres auraient pu faire de même, anticiper puisque l'hiver ils le connaissent, mais ils ont préféré la cécité désinvolte pour profiter de ces moments privilégiés.

— Papa, il fait que travailler, raconte Maya. Tout le temps, tout le temps. Hein maman ?

Claire acquiesce d'un signe de tête en préparant le café. Maya tourne un moment dans la cuisine puis remonte dans sa chambre dessiner des zombies.

— Des zombies ? s'inquiète David.

— Oui… s'amuse Claire. Mais des zombies gentils. En fait, son truc en ce moment, c'est de penser que la mort c'est pas vraiment… Elle dit que ceux qui meurent et bien ils sont toujours avec nous.

— Oui mais… des zombies ?

— Elle dit zombies mais ils sont très mignons en fait. Et puis, il faut dire qu'il y a tellement eu de morts dans notre entourage qu'il faut bien qu'elle se rassure la pauvre...

— Vous avez perdu beaucoup de proches ? demande David.

Le sourire de Claire s'efface.

— Oui, beaucoup. Le frère et les parents d'Éric. Et moi, mes parents et... Et nous avons aussi perdu un fils. C'est... Ce n'est pas vivable, alors les zombies c'est pas mal. Du sucre dans votre café ?

— Non... Enfin, oui. S'il vous plaît.

— On pourrait peut-être se tutoyer maintenant ?

— Oui.

— Ils sont vraiment beaux ses zombies, tu verras.

Claire est décidément une drôle de dame. David est toujours très impressionné par elle. Il a tutoyé Éric et Mimi tout de suite, mais avec elle c'est plus difficile. Elle dégage une telle force. Est tellement originale. Décalée. Même sur des sujets graves, elle est capable d'espièglerie. Un bouclier, sûrement. Imparable. Et qui l'embellit. David la trouve sublime. Il adore la regarder dans les détails. Dès qu'elle est occupée à autre chose, il photographie les grains de beauté qui habillent sa nuque, la cicatrice minuscule entre son pouce et son index, les quelques cheveux blancs cachés dans sa crinière brune, le dessin de ses sourcils, la courbe de ses hanches, ses poignets fins sous ses chemisiers. Parfois, elle le surprend et il baisse les yeux, mal à l'aise. Il l'est d'autant plus qu'il n'a pas de désir pour elle et qu'il ne souhaite pas créer de malentendu. Il la contemple comme il contemplerait une œuvre d'art. C'est purement esthétique. Par exemple, là, dans sa robe près du corps, avec son décolleté négligé, Claire devrait lui faire de l'effet, mais il n'en est rien. David est comme insensible, victime de ce coma qui l'habite.

David et Claire parlent un long moment. Enfin, c'est elle qui parle beaucoup, comme d'habitude. Elle est exaltée et tout l'emballe, la révolte et la passionne. Elle peut passer des dizaines de minutes à disserter sur les cèpes et les bolets, l'œuvre désarticulée de Schiele, la musique répétitive de Philip Glass, les produits périmés de l'épicerie, les tricots de Mimi. David se contente d'écouter et de sourire de temps en temps. Ces moments lui font du bien, reposent sa tête et son corps en mutation.

— Mon mètre. Tu l'as vu ?

C'est Éric qui vient d'entrer. Il n'a pas l'air de bonne humeur mais Claire ne peut s'empêcher de le taquiner.

— Peut-être que si tu posais la question autrement, je pourrais te répondre…

— Oh, ça va, râle Éric, commence pas. Je galère avec mon linteau et je n'ai pas besoin de tes réflexions.

— Eh bien moi, je n'ai pas besoin de ton mètre ! Par contre, si tu veux du café, je peux te dépanner ! Et t'aider à te décontracter.

Les mots et la voix joueuse de Claire dérident un peu Éric qui grimace un sourire.

— Oui, OK, je veux bien un café. S'il te plaît.

— Avec plaisir mon amour…

David, ne voulant pas s'imposer plus longtemps, se lève de sa chaise et commence à enfiler son manteau.

— Alors j'arrive et tu t'en vas ?! Je vais croire que tu ne viens que pour voir ma femme…

David se fait surprendre par l'humour noir d'Éric et se met à rougir.

— Et oui, ça m'arrive des fois de me détendre… Sinon comment j'aurais pu séduire la plus belle femme du monde ?

Claire lui lance un clin d'œil complice.

— Allez, reste encore un peu avec nous. Ça me ferait plaisir, poursuit le travailleur chevronné.

David ne répond pas et se contente de reposer sa veste sur le dossier. Claire lui remplit à nouveau sa tasse de café et lui propose une part de tarte. Éric est étrangement détendu. Étrange, c'est ce que ressent David. Il est là depuis de nombreuses semaines maintenant et c'est la première fois qu'il voit Éric si décontracté, prenant le temps de parler, posant des questions. Éric ne lui parle pas de poutre et d'enduit mais de sa collection de vinyles, de son labrador et de ce petit terrain où il aime aller camper près du lac du Bouchet.

— Pour les beaux jours, on ira ensemble. Tu aimes pêcher ?

— Euh, oui…

— T'es quand même drôle toi… On a toujours l'impression que tu débarques, que t'atterris et que tu sais pas grand-chose. T'as eu un traumatisme cérébral ou un truc comme ça ?

David aime cette idée. Ceci pourrait expliquer son comportement décalé et son incapacité à se rappeler Avignon et sa vie de là-bas.

— Oui, mais je n'aime pas en parler, répond David, soulagé par cette hypothèse.

— Pas de souci, moi aussi il y a plein de trucs dont je n'aime pas parler. Je comprends mieux maintenant pourquoi tu… OK. Mais surtout il faut me dire si des fois je t'en demande trop, s'inquiète maintenant Éric.

— Non, tout va bien. Change rien. Tu travailles déjà trois fois plus que moi et puis ça me fait du bien. Vraiment je me sens mieux depuis que je bosse.

— C'est vrai, t'as meilleure mine. T'as changé. T'es…

Dans la cuisine, tout le monde sursaute. C'est Maya qui vient de dégringoler dans les escaliers. Plus de peur que de mal. Sur le carrelage, des dizaines de monstres colorés, couverts de fleurs.

David se lève et aide Maya à rassembler ses dessins éparpillés. Puis il l'embrasse sur le front pour la remercier de lui avoir montré les cœurs cachés des zombies.

NATHAN

Un électrochoc. Pour la première fois, Nathan croit lui aussi à la possibilité que sa mère soit en vie. Il a reçu l'affirmation de Field la veille comme une vérité et n'a pas dormi de la nuit. Le deuil factice qu'il avait mis des années à faire s'est écroulé en quelques secondes. Nathan a tourné, gémi et sué sur le matelas. Erika a tenté de le réconforter mais il l'a repoussée chaque fois, incapable de recevoir la douceur de ses bras. Elle a fini par se braquer et a rejoint le canapé, le laissant seul avec ses démons. Ceux qu'elle pensait ne plus avoir à affronter.

Ce matin, Nathan est de nouveau dans le bureau de Field sans convocation. Field est au téléphone et Nathan doit patienter. Ses poumons se gonflent et expirent avec peine. De vieilles images tapent sous son crâne. Des voix lointaines émergent ici et là. Des objets se bousculent et semblent tous avoir quelque chose à dire. Un rébus que Nathan refusait de déchiffrer jusque-là mais qui s'impose à lui aujourd'hui. Cette mère disparue, sous les flots, elle n'a peut-être pas coulé mais s'est peut-être envolée. La noyade a besoin d'un corps qui se noie. Il n'y avait pas de corps. Les plongeurs avec leurs masques et leurs bouteilles n'ont pas vu de sirène inerte au fond de l'eau. Il n'y avait que des poissons. De la vase et des poissons. Bien sûr, ils n'ont pas fouillé chaque mètre cube du lac, bien sûr le corps bleu et boursouflé de sa mère pourrait être dans ce mètre cube-là, celui qu'ils n'ont pas exploré. Bien sûr, mais ce n'est qu'une possibilité qui implique les autres. Qui implique l'envol. Et si sa mère n'était pas une sirène mais un exocet ?

— Nathan ! Excuse-moi, c'était une urgence. C'est bien la première fois que tu viens ici de ton plein gré.

— Je veux voir le dossier.

Field ne peut s'empêcher de ressentir un profond soulagement. Il n'a jamais accepté de classer l'affaire. Il a été seul durant toutes ces années. Nathan n'a jamais voulu partager ses espérances et n'a jamais rien fait pour l'aider dans ses recherches. Il l'a même méprisé. Et aujourd'hui, Nathan semble enfin l'entendre.

— Tu ne peux pas avoir accès au dossier. Directement, je veux dire. Mais nous pouvons en discuter et tu peux me poser toutes les questions que tu souhaites.

— Ils sont combien à l'avoir vue se noyer ?

— Cinq. Des pêcheurs sur la rive droite du lac. Ils ont tous vu une personne se déshabiller, nager jusqu'au milieu du lac et disparaître.

— Ils l'ont observée tout le temps ? Enfin, ils ne l'ont pas lâchée des yeux, je veux dire ?

— Le jour se levait à peine et il y avait du brouillard. Donc ils n'avaient pas une super visibilité. Ils disent qu'entre chaque nuage de brume ils la voyaient et qu'à un moment donné, ils ne l'ont plus vue.

— Entre chaque nuage… donc ils ont très bien pu passer plusieurs minutes sans la voir.

— Oui, tout à fait.

— Et elle a très bien pu regagner la rive à ce moment-là.

— Vu la distance c'est peu probable et surtout vu la température de l'eau… mais la thèse ne peut être exclue.

Field se lève pour remplir sa tasse à café et en prépare une pour Nathan. Il la lui donne et retourne s'asseoir. Le jeune homme ne le remercie pas, trop absorbé par ses pensées, il reprend :

— Et les vêtements, on est sûr que ce sont les siens ?

— Oui, c'est la tenue qu'elle portait lorsqu'elle s'est enfuie.

Nathan ne lève toujours pas la tête. Il fixe la tasse fumante. Field profite du réveil de Nathan pour lui reposer quelques questions :

— Les cartes postales, combien en as-tu reçues ?

— Trois, mais il y a plus de dix ans maintenant et ça ne veut rien dire. L'écriture est ressemblante mais n'importe qui aurait pu les écrire. Je pense que c'est ma sœur qui les a écrites.

— Ta sœur ? Mais… tu as des nouvelles ?

— Plus depuis des années, elle est à l'autre bout du monde. Je pense qu'elle a pété un plomb et qu'elle s'est prise pour ma mère à un moment donné. Que c'est elle pour les cartes et le coup de fil.

— Tu ne lui as pas demandé ?

— À quoi bon, elle nierait de toute façon. Et puis c'est… ça… bredouille Nathan, la gorge nouée.

— Tu as un moyen de la joindre, je… J'aimerais tellement la revoir.

— Non.

Les visages des deux hommes sont déformés par leurs mâchoires crispées. Les absentes les défigurent.

— Le coup de téléphone, c'était en… cherche Field en fouillant dans ses papiers.

— C'était le 2 juin 2009, douze ans après sa disparition.

— Mais c'était sa voix...

— Comment pourrais-je le savoir ? J'avais deux ans quand elle a disparu. Et puis la communication était mauvaise, ça a duré deux secondes. Elle a juste répété qu'elle s'excusait et qu'il fallait que je l'oublie. On aurait dit une folle. Et ma sœur est folle.

— OK, alors si tu penses que ces signes viennent de ta sœur, pourquoi aujourd'hui tu changes soudainement d'avis et tu crois enfin que ta mère puisse être encore en vie ?

— Parce que j'y ai toujours cru.

Field lâche son stylo qui roule sur le bureau, roule sur le tiroir, roule sur le sol et se cale contre la plinthe. Field s'immobilise d'un coup. Poumon, bouche et thorax se figent. La révélation de Nathan est à la fois une claque et une caresse. Violence de découvrir la foi derrière les années mutiques et, en même temps, réconfort de se sentir compris, de partager enfin cette croyance viscérale, imprimée au plus profond de son être.

Field est sonné. Il ne voit plus le stylo, la tasse à café, les photos, les dossiers, les sucrettes et les post-it. De façon automatique, il prend une cigarette et l'allume. Il tire dessus comme un dément, inspirant un torrent de fumée, asphyxiant son corps pour qu'il cesse ses décharges électriques. Mais ses décharges ne succombent pas au nuage et s'amplifient. Field se met à trembler démesurément. À claquer des dents. Nathan ne remarque rien parce qu'à l'intérieur de lui sévit le même séisme. Failles et fissures se réveillent, dévoilant le fond des abysses.

Face à face, les deux hommes se rencontrent enfin. Et le fantôme sur le bureau perd de son évanescence. Sa peau diaphane se colore et ses mains laissent quelques empreintes sur les pages désordonnées.

TESS

Tess, pas à pas, mètre après mètre, dans le froid, tourne mais n'avance pas. Sa silhouette diaphane pourrait s'envoler ou disparaître à tout moment. Tess a maintenant compris la fragilité et l'immobilité de sa marche. Et le reste commence à s'éclaircir. La naine qui n'en est pas une, l'homme très vieux et très blanc, *La Grande Roue*, la photographe et les autres, elle ne les a pas rencontrés par hasard. Cette nuit, il n'y a pas de hasard. Et tout se joue maintenant. Oui, ce noir est étrange, cette parenthèse artificielle, sa présence ici fantasmagorique. Tess est comme un personnage de conte errant dans un décor de papier habité d'étranges personnages distillant peu de mots. Ici tout est symbole. Tess, prisonnière de cette chimère, doit pour s'en défaire accepter cette déambulation initiatique. Et surtout, se rappeler le point A si elle veut pouvoir atteindre le point B. Elle repense à ces visages croisés et à leurs murmures.

Tess a le dos collé contre la vitrine d'une boutique fermée. Devant elle, le flot des noctambules est bruyant, rapide, épais. La masse vivante épuise et, en même temps, rassure. Tess ne cherche pas les regards et, tête baissée, elle regarde leurs pieds. Chaussés de cuir, de bottes et de lacets. Elle se laisse emporter par leur marche désordonnée. C'est donc ça, tout est là, dans ce tempo qui n'en finit pas d'avancer. Ainsi va le monde, le temps ne peut se figer. Même ici, dans cette nuit parallèle, il y a du mouvement, sans cesse. Tess se concentre sur sa respiration pour se recentrer. Pour tenter de ne plus se laisser porter et comprendre, ne serait-ce que quelques bribes. Dans ce qui se passe maintenant, il y a forcément un peu d'avant. Les choses passent mais laissent toujours des traces. Elles s'imprègnent. Parfois c'est énorme, voyant, odorant. Mais c'est souvent imperceptible. Les marques et les morsures d'une vie trouvent toujours des cachettes dans le corps et dans le cœur. Elles se planquent sous des couvertures, s'enferment à clé dans des tiroirs, s'entassent sous les os. Et les images les plus crasses sont souvent réduites en miettes pour se perdre dans les méandres du cerveau. C'est là que Tess doit aller. Elle n'a plus le choix, il lui faut pénétrer sa boîte crânienne, passer au travers des toiles emmêlées, soulever les poids, lourds, qui obstruent les creux où tout se cache.

La respiration de Tess est lente et mesurée. Elle prend de grandes bouffées d'air glacé. De nombreuses fois. Elle recommence. Elle est en hyperventilation. C'est une plongée en apnée qu'elle s'apprête à faire. Et elle doit se concentrer, mettre tout ce qui lui reste de force, ne laisser place à aucune distraction, se focaliser sur ce point A lui permettant de rejoindre le point B, inspirer et expirer, encore, inspirer et expirer, encore, si elle veut rejoindre les abysses.

D'un coup sa tête lui échappe et part taper contre la vitre. Tess s'effondre. Femme à la peau blanche, à la robe rouge, au manteau noir, étendue sur le bitume. La masse informe des gens qui déambulent sur le trottoir ne ralentit pas sa course. Tess n'a pas besoin d'eux et ils le savent. Quelques-uns ont tout de même la conscience de son corps incrusté dans le sol et prennent soin de bien lever le pied ou de faire de plus grandes enjambées pour ne pas lui marcher dessus. Il y a même une dame qui prend le temps de s'agenouiller pour déplacer son bras qui déborde un peu trop sur le passage. Puis elle repart. Et la laisse. Tess. Se laisse. Emporter par cet évanouissement. Des fourmis le long des artères partant des pieds pour traverser la chair et les vaisseaux, en passant par le ventre, vide, par les poumons, vides, jusqu'à sa tête. Ivre.

Tess reste un moment suspendue ainsi. Entre le froid du sol et le froid au-dessus. Puis, n'accédant à aucune image, à aucune révélation, elle se laisse réchauffer par son souffle intérieur et se dit que s'il est encore chaud, c'est que ce n'est pas encore son heure. Que ce n'est pas là le fameux passage de la vie à la mort. Qu'ici se joue autre chose. Et que, malgré sa carcasse épuisée, elle n'a pas d'autre choix que de se relever.

Tess se relève. Ses mains contre la vitrine. Le bruit de sa peau contre la plaque glissante. Comme un couinement. Ses talons plantés de travers sur le trottoir, ses jambes se dépliant aussi de travers puis son buste bancal portant sa tête. Blanche. Encore plus blanche qu'au début de cette nuit. Et ce reflet.

Tess, dos tourné à la marée humaine et poitrine face à la vitrine, voit à travers la paroi de verre. Un miroir. Imposant, posé à quelques mètres, tout près de la caisse, à droite du mannequin nu. Dans ce miroir, son reflet. Le sien. Sa robe rouge, son bonnet et son manteau noirs et son visage. Blanc et bleu. Et noir aussi. Et rouge aussi. Des marques, certaines minuscules et d'autres plus grandes se partageant la surface de ce masque. Griffant les ailes du nez, auréolant le dessus des paupières, cisaillant les tempes, déchirant la lèvre inférieure, masquant le front. Tess s'observe. Tess se fixe. Tess porte les mains à son visage. Ce n'est pas un masque qu'elle porte sur la face.

EMMA

4 août 1989

Dans le couloir, on peut entendre des sifflements et des applaudissements. Emma est encore un peu endormie et a du mal à garder les yeux ouverts. La porte s'ouvre et un immense bouquet de tournesols entre dans la pièce. Marc, caché derrière la trentaine de soleils, dit en chantant :

— Ma poupée ! As-tu pu voir notre beau bébé ?

— Non, s'inquiète Emma, je me réveille à peine. Il va bien ?

— Elle ! C'est une fille et elle est en pleine forme.

À deux heures du matin, Emma est sortie du lit, incommodée par quelques contractions. Elle a tourné un moment dans le salon, à s'asseoir, s'allonger, se relever en fonction de la douleur. Après plusieurs heures, il était temps d'y aller. Elle a pris une douche puis est allée dans la chambre réveiller Marc. Il s'est levé d'un bond, s'est habillé en moins d'une minute, a pris le sac pour la maternité, le dossier avec tous les papiers et, une fois dans la voiture, s'est rendu compte qu'il était pieds nus.

— Il y a tes tongs dans le coffre, s'est amusée Emma.

— Parfait !

La voiture a roulé doucement dans l'aurore pourpre. La lune près du soleil, la danse des mouettes, la mer de la même couleur que le ciel, l'air iodé, le sable tapissant le bitume. Emma s'est dit que c'était une belle journée pour naître.

Dans la salle de travail, tout s'est accéléré. La sage-femme a appelé le gynécologue qui lui a expliqué qu'une césarienne était nécessaire car le bébé se présentait par le siège. En moins de quinze minutes, elle s'est retrouvée au bloc. L'infirmière lui a demandé de compter jusqu'à cinq, elle a compté jusqu'à deux et s'est endormie. Anesthésie générale.

Maintenant Emma est impatiente, elle veut rencontrer son enfant. Sa fille. Elle relève les draps, se redresse et accompagne de ses bras ses jambes sur le côté du lit.

— Mais qu'est-ce que tu fais ? s'inquiète Marc.

— Je vais voir notre fille !

— Attends ici, je vais demander à l'infirmière qu'elle nous amène Rose.

— Rose ? demande Emma.

Marc n'est déjà plus là. Emma sent que sa tête lui tourne et se rallonge. Rose… Mais d'où sort ce prénom ? Il n'était sur aucune liste. Ils hésitaient entre Nina et Salomé. Emma cherche un verre d'eau. Elle n'arrive plus à déglutir et a du mal à respirer. Elle regarde par la fenêtre le soleil qui l'éblouit, elle observe son ventre vide, passe la main sur le pansement de la césarienne et observe la porte. Elle ne bouge plus d'un millimètre en attendant son enfant. Rose, ce prénom résonne dans sa tête. Rose, ce n'est pas ainsi que devait s'appeler sa fille. La porte s'ouvre enfin et Marc, gigantesque, entre avec leur bébé, minuscule, dans les bras.

— Et voici notre trésor ! chante-t-il en lui confiant la petite fille.

Emma ne sent plus la douleur de la cicatrice, les irritations dans sa trachée dues à l'intubation durant l'opération, les piques de la sonde et de la perfusion. Elle est prise dans un truc qui la dépasse. Ce petit bout d'elle la remplit démesurément. Les paupières écarquillées, Emma rencontre son enfant. C'est une émotion blindée d'hyperboles et de superlatifs. C'est vertigineux. Extrême. Délicieux. Ça change les couleurs du dedans et du dehors. Modifie l'espace et le temps. Bouleverse l'ordre du monde. Emma la contemple un moment puis se penche et l'embrasse. Sur le front. Sur le nez. Sur la bouche. Les joues. Le menton. Marc les regarde en souriant, les yeux brillants.

— Vous êtes si belles...

La voix de Marc la sort de son rêve. L'extirpe. Emma aimerait qu'il ne soit pas là à les observer. Sa présence la dérange tout d'un coup. C'est nouveau. Maintenant. Ça la submerge. Elle préférerait être seule avec elle. Et ne pas savoir comment elle s'appelle. C'est ça qui la dérange. Ce prénom dont il faut parler et dont elle ne veut pas parler parce que c'est insensé.

— Je vais essayer de trouver un vase assez grand pour tes tournesols géants ma poupée !

Aujourd'hui, Marc dit tout, fait tout avec emphase et ça irrite Emma pour qui tout sonne faux. Elle a mal aux oreilles et a la nausée. Mais peut-être que ce n'est pas ça, pas lui, que ce sont les conséquences de l'opération ou d'un pic hormonal. Emma se réfugie dans le cou de sa fille et respire sa peau. Elle n'a pas encore vu ses yeux mais ce n'est pas urgent, elle a le temps, toute la vie. Marc est de retour. Déjà. Trop vite. Avec un vase assez grand dans lequel il plante les hélianthes comme il se plaît à le faire remarquer avec fierté. Emma ne relève pas la tête. Ne veut pas le voir. Et non, ce n'est pas à cause de l'opération ou des hormones. C'est à cause du prénom. Elle sait qu'elle n'a plus le choix alors elle prend une grande inspiration et demande :

— Tout à l'heure tu as dit Rose. Qui est Rose ?

Marc, tout sourire, s'approche de ses poupées.

— Eh bien notre fille… Notre merveilleuse petite fille !

Emma déglutit avec difficulté, nouée un peu plus par l'aplomb de Marc. Elle reste muette quelques minutes puis parvient à dire :

— Ce prénom… Nous n'en avons jamais parlé. Pour les garçons nous avions Lucas et Antonin. Pour les filles, Salomé et Nina…

Marc, imperturbable, répond sans hésiter :

— Tu étais encore endormie quand ils m'ont demandé son prénom et quand je l'ai regardée, j'ai tout de suite vu que Salomé ou Nina ça n'irait pas, je sais pas comment t'expliquer, question d'instinct, tu vois.

Non, Emma ne voit rien du tout. Ne dit rien non plus.

— Je suis resté dix minutes avec elle dans mes bras et au bout de dix minutes, c'était clair, tu vois, une évidence, elle s'appelait Rose. Comme la couleur du ciel de ce matin, comme la rosée de l'aurore et puis aussi comme le prénom de ma grand-mère, la seule qui m'ait donné un peu de tendresse entre deux raclées.

Emma est décontenancée par les dernières phrases de Marc. Il a su trouver les mots. Il a dit ce qu'il fallait dire. Il l'a émue. Les nœuds dans sa gorge ont disparu. Sa colère s'est envolée. Oui, maintenant, ce prénom est aussi une évidence pour Emma. Marc a raison. Marc a toujours raison. Comment a-t-elle pu douter et se laisser embarquer par ce ressentiment ? Emma s'en voudrait presque. Et c'est avec un profond soulagement qu'elle lui dit, en lui caressant la joue :

— Notre Rose est magnifique.

Emma et Rose doivent prolonger de quelques jours leur séjour à la maternité car il manque quelques grammes à la petite. Elle doit rester sous surveillance le temps de les récupérer.

Les parents d'Emma viennent rencontrer leur petite-fille. Ils ont apporté une Barbie pour le bébé. Elle est blonde, bien sûr, et conduit une Vespa violette avec des paillettes. Emma les remercie quand même. Ils parlent à peine à Emma et restent plantés devant le berceau de Rose. Ils ne disent pas grand-chose mais répètent plusieurs fois qu'ils ne peuvent pas rester longtemps car ils ont un train à prendre. Au bout d'une vingtaine de minutes, insupportée par eux, Emma finit par feindre un gros coup de fatigue pour les presser vers la sortie.

La famille de Marc n'est pas là car ils ne savent pas pour Emma, pour Rose. Emma en profite pour aborder le sujet, pour voir si ce ne serait pas le moment de reprendre contact, mais Marc se braque et claque la porte.

Martin fait la route tous les deux jours pour venir les voir, avec chaque fois un petit cadeau pour Rose et un pour Emma. Il ne reste pas longtemps pour ne pas déranger. Le temps de prendre la petite dans ses bras, de masser Emma, de lui dire qu'il a rencontré quelqu'un tout en gardant le mystère, de grappiller quelques chocolats.

Marc est inconstant. Un jour, il ne les lâche pas une seule minute. Il les colle, les câline, les enveloppe. Un autre jour, il ne vient pas, n'appelle pas. Puis revient, sans une explication, avec une fleur pour elle et de tous petits chaussons pour elle. Un matin, il dit : « Elle est vraiment moche ta cicatrice, je ne veux plus que tu me la montres. » Un midi, Emma pleure, il la regarde, ne lui pose aucune question, souffle d'agacement, puis la laisse seule dans sa chambre.

Un soir, il dit : « Tiens ma chérie, je t'ai apporté les bonbons à l'anis que tu adores. » Un autre matin, il dit : « Ton copain Martin, je suis sûr qu'il est homo. Il parle de ses nanas mais ne nous présente jamais personne. Et puis, il a des manières et me regarde d'une drôle de façon. » Un lundi, il lui apporte le nouveau catalogue de l'agence et, tout en la serrant dans ses bras, lui promet qu'il l'amènera à New York, Bali et Istanbul. Un mercredi, il s'approche d'elle pour l'embrasser mais recule, l'air dégoûté, puis lui dit sans faire de manière : « Tu devrais prendre une douche. Tu sens fort. » Un matin, il regarde Emma, émerveillé, et murmure : « Tu es magnifique… » Et le soir : « Tu es tout pour moi. Vous êtes tout pour moi. »

Emma sourit. Emma pleure. Emma gémit. Emma sourit. Emma suffoque. Emma sourit. Emma sanglote. Emma a peur. Emma sourit. Emma sourit. Emma sourit.

DAVID

David vient de plus en plus souvent chez Claire et Éric. Plus de quatre mois se sont écoulés depuis son arrivée ici et il s'y sent bien maintenant. La peur qui l'accompagnait au début s'est apaisée. Il y a toujours ces ombres qui planent autour de lui, ces vides qui creusent son cerveau, ces hallucinations qui transforment son corps et sa peau, mais il y a maintenant cette famille qui lui permet de structurer un semblant de vie. Ses réserves du début se sont estompées et il se laisse aujourd'hui porter par eux. Mimi le rassure, Claire le fascine, Maya l'attendrit et Éric... C'est compliqué avec Éric, et David ne comprend pas pourquoi. Éric est pourtant beaucoup plus détendu maintenant, il a toujours cette rigidité qui le caractérise mais sait, de plus en plus, prendre le temps d'un moment de partage. Éric apprécie beaucoup David et lui propose chaque semaine des activités à partager. David le suit, heureux de cette relation nouvelle, mais quelque chose le freine.

David et Maya sont installés à la table de la cuisine et dessinent. Il y a un tas de feuilles blanches cartonnées, des crayons de couleur et de gros feutres. David ne fait pas ça seulement pour plaire à Maya. Il est concentré, absorbé.

— Tu me prêtes ton vert ? demande David.

Maya lui donne son vert tout en relevant la tête.

— Waouh, comme tu dessines trop bien !

David continue de tracer des traits. Il esquisse une habitation, se sent plus architecte qu'artiste. Il demande à Maya en souriant :

— Une cabane pour toi ?

— Oh oui !

Claire passe dans la cuisine, prend une pomme et lance :

— Bravo ma chérie ! Ils sont magnifiques tes champignons hallucinogènes. Dalí et Picasso, je vous laisse à vos œuvres, je retourne à l'atelier.

La porte claque. Maya donne un petit coup de coude à David.

— David, tu veux être Dalí ou Picasso ?

David sourit. Cette gamine le fait fondre avec ses grandes répliques.

— Écoutez Mademoiselle, je n'ai pas de préférence. Je vous laisse choisir.

— Eh bien je serai Dalí ! claironne la fillette. Il était un peu fou, non ? Et moi j'aime bien les gens un peu fous. Je les trouve beaucoup plus intelligents que les gens sérieux. Je sais, c'est pas très clair mais c'est comme ça que je veux le dire.

— C'est très clair, Maya. Pardon, Dalí !

Les dessins avancent tandis que David et Maya papotent. À un moment, David désigne le grand bonhomme près du champignon noir et demande :

— Et lui, c'est qui ?

— C'est Captain.

— Tu as entendu parler de Captain ?

— Pas trop. Je sais juste que c'est le frère de mon papa, qu'il est mort et que j'ai des cousins fantômes.

— Ah bon ? Tes cousins sont morts eux aussi ? s'attriste David.

— Non mais on les a jamais vus, pas de photos, rien. C'est les fantômes des zombies en fait. Ils sont allés vivre chez une grand-mère, c'est ce qu'on m'a dit. C'est dommage parce que moi j'ai pas de sœurs, pas de frères, alors des cousins j'aurais bien aimé.

— Je comprends, murmure David tout en continuant de dessiner.

— Et toi, t'as des frères et sœurs ?

David continue de dessiner en feignant de ne pas avoir entendu. David ne veut pas lui mentir. Mais difficile de lui dire qu'il ne sait pas. Qu'il ne s'en souvient pas. Heureusement Maya est une bavarde et enchaîne :

— Moi, si j'avais eu une sœur, je l'aurais appelée Bouh.

— Boue ? Mais ce n'est pas un prénom, s'étonne David.

— Bien sûr que si, c'est la petite fille dans le dessin animé *Monstres et compagnie* et elle est trop mignonne ! Moi, c'est une petite sœur comme elle que je voudrais.

La porte de la cuisine s'ouvre. C'est Éric qui vient faire une pause.

— Alors les artistes, ça avance ?

— Oui, super ! Moi je fais des champignons hallucinogènes et David me fait une cabane !

— Ah oui, carrément ! s'amuse Éric. Mimi vient d'appeler, elle va voir les chevreaux de Nougatine et demande si tu veux l'accompagner.

— Les bébés de Nougatine ! Ils sont nés ?! J'y vais !

— Une minute... Tu ranges tes feutres et tes dessins et après tu peux y aller !

Maya attrape la caisse posée par terre et balance quelques feutres dedans.

— Voilà ! À tout à l'heure !

Éric n'a pas le temps de répliquer, Maya est déjà dehors.

— Des fois, elle m'épuise... Une bière David ?
— Oui, avec plaisir.

Éric et David sont face à face. Éric a besoin de parler aujourd'hui. Il a des soucis avec le patron de l'entreprise qui lui livre le bois.

— C'est un débile, raciste, misanthrope, qui fait que des conneries dans mes commandes ! J'irais bien me fournir ailleurs mais l'entreprise la plus proche est à cinquante kilomètres et cinquante kilomètres ici, c'est le bout du monde. Dans la famille on est des ursidés, de père en fils. Chez nous ça cogne et ça fait mal, c'est génétique. Il a de la chance que mon ours à moi ne soit plus à l'état sauvage.

David lui montre le dessin de Maya et lui explique :
— Là, c'est Captain.
— C'est Maya qui t'a dit ça ?
— Oui.
— Captain... souffle Éric. Mon père et lui n'avaient aucun intérêt et c'est très bien qu'ils soient maintenant sous terre, bouffés par la vermine. Ils ne peuvent plus faire de mal à personne.

David voit la rage dans les yeux d'Éric. Il voit aussi les contractions de ses tempes, les pulsations de ses veines, les sursauts de son thorax, ses mains qui capuchonnent et décapuchonnent nerveusement les feutres de Maya restés sur la table et comprend qu'il ne faut pas approfondir le sujet. Éric se charge lui-même de faire diversion en parlant du site d'escalade en bas de Meyra, magnifique, surplombant la vallée, où il souhaite l'emmener. Embarqué dans sa description, Éric ne remarque pas le trouble de David qui d'un coup se sent mal à l'aise. Il est pris de grandes bouffées de chaleur et commence à gesticuler sur sa chaise. Il sent la sueur couler dans sa nuque et il a les mains moites.

Il n'entend plus ce qu'Éric lui dit et d'étranges images l'attaquent. Pour échapper à ce délire démoniaque, David tente d'accrocher son regard ailleurs. La bibliothèque, la corbeille à fruits, le fauteuil rouge près du fourneau... Puis se fige. Dans le grand miroir derrière Éric, il aperçoit une femme qui le dévisage. Il croit un instant que c'est Claire mais non, la silhouette est floue et ressemble plus à un songe. Qui est-elle ? Une mère, une sœur, une épouse ? Ce visage le trouble profondément, il le connaît mais ne le reconnaît pas. L'apparition bouge avec lui et, lorsque d'un bond il se lève de sa chaise et s'échappe de la maison, elle part avec lui.

Éric se retrouve avec ses bouchons alignés, face à la place vide laissée par David.

NATHAN

Nathan prévient Erika qu'il aura un peu de retard pour le dîner. Il doit passer voir Field en fin de journée. Erika a douze ans de plus que lui, il l'a rencontrée un dimanche de pluie chez des amis. Il l'a remarquée tout de suite. Elle ne l'a pas vu. Il l'a appelée le lendemain pour l'inviter à boire un verre. Elle a refusé l'invitation. Il a insisté. Elle a expliqué que ses dix-huit ans et ses trente n'étaient pas compatibles. Il lui a dit qu'il s'en moquait car il ne savait pas compter. Elle a ri et elle a dit oui.

Cela fait trois ans qu'ils sont ensemble et Erika commence à être fatiguée de ce Field, de cette enquête qui n'en est pas une, de ces rendez-vous stériles dans ce bureau sordide. Erika est inquiète. Si ce flic dépressif poursuit sa quête fantomatique, Nathan ne parviendra jamais à faire le deuil de sa mère. Et ce deuil est nécessaire, pour lui, pour eux. Erika en est convaincue, la mère de Nathan est morte. Ce silence de dix-neuf années en est une preuve irréfutable.

Nathan roule vite et pile à chaque feu rouge. Il y avait de l'urgence dans le message de Field. Du mystère aussi. Nathan l'a réécouté trois fois tant sa voix était particulière, incompréhensible. Nathan s'est dépêché de quitter l'agence, oubliant son téléphone sur le bureau. En voiture, il n'a rien vu du trajet, complètement absorbé par les notes de piano de sa radio et par cet ailleurs avec elle, avec sa mère. Nathan sait maintenant pourquoi il s'est plié toutes ces années aux convocations de Field. C'est grâce à lui et à ses rendez-vous si sa mère existe encore. Elle est présente dans ses mots, ses dossiers jamais scellés, ses rêves. Ses suppositions et son obstination la font vivre et cela suffit. Cela suffit, même si son cœur ne bat plus et que son corps n'est plus, car il y a sûrement cette réalité-là. Mais il y a aussi quelques moments rares où un élément, aussi fragile soit-il, fait renaître la foi qui submerge. Lui permettant de croire, l'espace d'un instant, que sa mère n'est pas restée sous l'eau à illuminer le fond du lac. Et c'est cette foi qui accompagne Nathan jusqu'au bureau de Field.

Nathan grimpe les marches d'un pas rapide et traverse les couloirs sans saluer ceux qu'il croise. Il marque une pause devant la porte et frappe. Field lui demande de patienter un instant. Nathan fait un pas en arrière, un pas en avant, un pas en arrière. Field le délivre enfin :

— Entre !

Nathan ne s'attendait pas à ça. Il n'avait pas entendu ça dans sa voix. Il lui avait prêté d'autres desseins. Ce message saccadé, ponctué de silence, oscillant nerveusement entre les graves et les aigus, ces mots bafouillés, cette urgence sous-jacente… Nathan ne s'attendait pas à ça.

— Excuse-moi pour mon message de ce matin, mais tu sais, moi, les surprises, je ne sais pas trop faire. Je suis pas très… Enfin, tu sais bien. Bref ! Assieds-toi, on va fêter ça !

Sur le mur, derrière lui, Field a installé une banderole « Joyeux anniversaire » qui serpente le long de ses diplômes encadrés. Il a aussi gonflé quelques ballons qu'il a dispersés dans les quatre coins de la pièce. Son bureau n'est plus un bureau mais une table de banquet. Il y a plusieurs bouteilles d'alcool, des planches avec de la charcuterie, des bols de cacahuètes et de pistaches, des soucoupes de fruits secs, un paquet cadeau et une boîte en carton avec l'étiquette « Pâtisserie Mornet ». Nathan reste figé, incapable de dire un mot.

— Alors, ça te fait quoi d'avoir vingt et un ans ?

« Ça te fait quoi ? », cette phrase résonne dans la tête de Nathan. La dernière fois qu'il a fêté son anniversaire, il ne s'en souvient plus. Peut-être pour ses onze ans. Il a cessé de le fêter le jour où il est tombé sur une photographie chez ses grands-parents. Sur l'image, sa mère et lui et un gâteau avec des pirates Playmobil les pieds dans la crème, et des canons dorés et des fraises Tagada et deux bougies plantées au milieu. Cette photographie l'a foudroyé, déchirant une nouvelle fois ses tripes et soufflant les échafaudages soutenant sa structure interne. Cette image, il l'a photocopiée en trente exemplaires qu'il a dispersés un peu partout pour être sûr de ne pas la perdre. Puis il est allé voir sa grand-mère pour lui dire qu'il ne fêterait plus son anniversaire. Sans lui expliquer que le prochain aurait lieu au retour de sa mère. Qu'il ne pourrait avoir lieu qu'en sa présence.

Field ne sait pas tout ça. Il ne s'est jamais préoccupé de l'anniversaire de Nathan avant. Il est simplement tombé sur sa date de naissance en ouvrant le dossier en début de semaine et il s'est mis en tête de marquer le coup autour d'un verre. Field est occupé avec le bouchon récalcitrant de la bouteille de mousseux et ne remarque pas le trouble de Nathan. Il parle dans sa barbe et a l'impression de faire la conversation.

Nathan remet doucement les pieds sur terre. Le message de Field n'avait rien à voir avec sa mère. Aucune révélation. Aucun élément nouveau. Ni fichiers ni alibi à vérifier. Les projections de Nathan s'évaporent, là, entre le bolduc et les amuse-gueules. Son élan ne se fracasse pas contre les murs décorés, il se désintègre doucement pour laisser place à la surprise. L'heureuse surprise. Nathan regarde Field se battre avec sa bouteille. Il aime cet homme. Sa maladresse d'ours, son sourire en biais, sa perspicacité impolie, son parfum de tabac et de bergamote, sa bienveillance discrète. Et il est touché de voir ces deux verres à pied à la place des comptes-rendus habituels. Nathan finit par lâcher prise et ses attentes s'envolent.

— Ça ne me fait rien du tout ! Je ne savais même pas que c'était aujourd'hui.

— Mais bien sûr… Allez, on trinque !

Face à face, les deux hommes refont le monde. Plus de gravité entre eux, l'alcool s'infiltre dans leurs veines. Déride leurs peines. Désinhibe leurs vices. Appelle les rires. La folie douce. Les mots simples. Nathan n'a jamais vu Field dans cet état. Le commissaire est dans une allégresse bruyante. Il fait de grands gestes, pousse parfois la chansonnette et s'esclaffe entre deux grossièretés. Car ce soir Field, soûlé, fait dans le graveleux. Il raconte à Nathan ses expériences avec les femmes et se plaît à tout décrire dans les détails. Nathan, gêné au début, se laisse prendre au jeu, lui aussi bien grisé par la bouteille de rhum et curieux de découvrir cette facette de Field. Lui qui le prenait pour un vieux garçon n'en revient pas de toutes ses conquêtes. Mais si Field enchaîne les rencontres et les expériences, il ne prolonge rien, ne s'engage dans aucune relation.

— L'amour j'ai déjà donné et ce n'est pas pour moi.

Il dit que c'est plus simple comme ça. De bons repas suivis de parties de jambes en l'air. Du sexe pour le sexe avec des femmes décomplexées à qui il peut dire les mots « queue » et « sucer ». Parce que Field aime ces mots et qu'il n'y a pas de quoi en avoir honte.

— Et toi, Nathan, c'est quoi les mots qui te font de l'effet ?

Nathan prend une grande gorgée, puis une grande inspiration, parce que ce n'est quand même pas naturel pour lui de parler cru, sans retenue.

— Cul... J'aime dire « Donne-moi ton cul ! »

— Oui ! Cul, quel mot merveilleux... s'émerveille Field.

Field qui ne peut s'empêcher de reprendre une réplique de Marielle :

— Oh comme il est beau... On dirait un Courbet dis donc. Quel génie il faut pour peindre ça. Quand je pense que ce mec en a peint des milliers et qu'on l'a poursuivi pour obscénité alors qu'il a peint la plus belle chose au monde, un cul ! Oh... Un cul de bonne femme[1] !

Field termine sa tirade dans un grand fou rire. Sonore et vivant. Nathan, complètement sous le charme de ce Field délirant, rit avec lui et applaudit. Puis ils passent à d'autres films et d'autres scènes. Et boivent un autre verre.

Field s'est endormi dans son fauteuil. Nathan, sur le tabouret, le front incrusté contre le bureau.

— Putain ! lâche Nathan en se réveillant en sursaut.

1. Jean-Pierre Marielle dans *Les Galettes de Pont-Aven* (Joël Séria – 1975).

Il est plus de vingt-trois heures. Il devait rejoindre Erika à vingt heures pour un dîner chez des amis. Comment se fait-il qu'elle ne l'ait pas appelé ? Il fouille dans ses poches pour vérifier ses messages mais ne trouve pas son portable qui est resté à l'agence. Nathan se lève en titubant, pense à la guerre que ça va être en rentrant, jette un œil à Field dormant comme un bébé dans son siège en cuir et se dit que ça valait le coup.

TESS

Les marques sur son visage. Tess reste un moment face à ce reflet déstructuré. Elle tente de retrouver ses yeux derrière les hématomes et de se reconnaître. Elle comprend mieux la réaction des noctambules qu'elle a croisés ce soir. Elle n'est pas belle à voir.

Tess finit par faire un pas en arrière. Puis deux. Puis trois. S'éloigner de ce double inquiétant. Tess fait quelques pas, se faufile dans une rue plus calme et se pose sur un muret. Elle suit de ses doigts les traits cabossés de ses joues, de son front, de son nez. Et elle pense à cet avant qui a précédé la nuit. Il s'est passé quelque chose là-bas. Quelque chose d'important. Elle a eu un accident. Ou s'est fait tabasser. Il faut qu'elle se rappelle mais rien ne vient. Le néant. Même le soleil, elle a du mal à se le remémorer. Mais de s'être vue dans ce miroir ne lui permet plus d'errer comme si de rien n'était. Quelqu'un lui a fait du mal. Oui, Tess en est certaine, il s'agit d'une agression et non d'un accident. C'est évident et, même si c'est opaque, tout remonte en elle. Et elle sent ce quelqu'un et ça lui donne la nausée. Peut-être est-il encore dans cette ville ? Dans la ruelle d'à côté ? Dans cette foule ? Et qu'il la cherche.

Tess se recroqueville et elle tremble. Elle n'a plus froid mais peur qu'il soit déjà là, sur le trottoir d'en face, et qu'il la reconnaisse. Elle devrait se mettre à courir pour se cacher quelque part. Fuir. Mais elle reste paralysée. Elle tente de disparaître sous son manteau. Elle ne veut plus voir ce qu'il se passe de l'autre côté de son manteau. Elle veut rester là et se reposer un instant.

À quelques mètres d'elle, une voiture est garée. Une vieille Renault 14 orange avec une jeune fille blonde à l'intérieur. Elle a ouvert sa portière et fume une cigarette tout en adressant des « oui » réguliers à son téléphone. Elle parle fort car elle a mis sa musique à fond. Et elle fait de drôles de grimaces avec sa bouche à cause d'un chewing-gum qu'elle mâche et remâche. Cette fille est insignifiante et ne va rien changer à cette nuit. Mais la musique qui sort de son poste va se répandre autour de la voiture et envelopper Tess. Il s'agit d'une berceuse étrange et grave. Tess entend cette mélodie, ce tempo lancinant, cette voix envoûtante, et elle se reconnaît dans ces mots. Comme s'ils avaient été écrits pour elle.

On candystripe legs spiderman comes
Sur des jambes en bonbon l'homme-araignée arrive
Softly through the shadow of the evening sun
Doucement à travers l'ombre du soleil couchant
Stealing past the windows of the blissfully dead
Dérobant au-delà des fenêtres la joie de la mort
Looking for the victim shivering in bed
Cherchant la victime tremblante dans le lit
Searching out fear in the gathering gloom
Découvrant la peur dans la rencontre des ténèbres

And softer than shadow and quicker than flies
Et plus silencieux que l'ombre et plus rapide que les mouches
His arms are all around me and his tongue in my eyes
Ses bras sont tout autour de moi et sa langue dans mes yeux

And I know that in the morning
Et je sais qu'au matin
I will wake up in the shivering cold
Je me réveillerai dans le froid tremblant
And the spiderman is always hungry
Et que l'homme-araignée est toujours affamé[1]

À la fin de la chanson, Tess sort de sa torpeur. Elle est prise de crampes intenses au niveau du ventre et convulse violemment. Son corps se contracte, puis se cabre, se contracte à nouveau et elle finit par vomir sur le bitume sans que personne la remarque. Elle se redresse et le voit, dessiné dans une flaque, son *« spiderman hungry »*. Il n'a pas de jambes en bonbon. Elle ne peut pas encore lui donner de nom. Ne sait pas ce qu'il lui veut, ni pourquoi il a voulu la déchiqueter, mais elle le reconnaît dans cette flaque. Elle se redresse et se met à courir loin de cette vision. Car elle ne veut pas de sa langue dans ses yeux.

1. *Lullaby* de The Cure.

EMMA

1989-1994

Pour les trois mois de Rose, Marc fait une surprise à Emma. Ils déménagent dans un appartement plus grand, plus près de la mer, avec une troisième chambre pour les amis qu'ils n'invitent pas, une baignoire dans la salle de bains et une vraie terrasse pour manger dehors. Marc a mis des bouquets de fleurs dans chaque pièce. Emma est heureuse. Elle aime tout cet espace et trouve un coin pour ses grandes feuilles et ses boîtes à crayons.

Emma a de plus en plus de mal à allaiter Rose et se dit qu'elle va arrêter car c'est trop compliqué et surtout trop douloureux. Et puis ça fait presque six mois d'allaitement maintenant, c'est bien suffisant. Un matin, elle explique à Rose qu'elle va lui acheter un biberon et que ce sera beaucoup mieux pour toutes les deux. Le soir, Marc rentre du travail et voit les pots de lait en poudre et les tétines dans la cuisine. Il ne prend pas le temps d'enlever son manteau, attrape la panoplie d'allaitement artificiel en renversant quelques verres qui éclatent sur le carrelage et balance tout dans la poubelle avec fracas. Emma sort précipitamment de la chambre de la petite et demande, inquiète :

— Ça va Marc ? Tu t'es pas fait mal ?

— Non.

Soulagée, Emma s'apprête à retrouver Rose dans sa chambre mais Marc l'attrape par le bras. Il la tire fermement vers lui, plante son regard sombre dans le sien et dit, froidement :

— Il est hors de question que notre fille avale ces cochonneries.

Emma met quelques secondes à comprendre, voit les biberons qui dépassent de la poubelle, veut lui parler de ses crevasses qui lui torturent les mamelons, se ravise et répond d'une voix étranglée :

— Oui, tu as raison.

Marc la lâche et Emma retourne auprès de Rose. Elle a des sanglots coincés dans la gorge mais prend sa fille dans ses bras et ça passe. Elle la regarde somnoler et se dit que oui, Marc a raison, c'est important de poursuivre encore un peu l'allaitement.

Elle repose la petite dans son lit et s'enferme dans la salle de bains. Elle a besoin d'une douche. Se laver après ça. C'est quand elle se déshabille qu'elle voit la marque sur son avant-bras gauche. La main de Marc dessinée sur sa peau. Rouge.

Emma reçoit un nouveau courrier du magazine auquel elle avait envoyé ses dessins. Le rédacteur la relance. Il souhaiterait qu'elle réfléchisse à nouveau à la proposition, lui dit que ses illustrations méritent d'être partagées, qu'il peut s'adapter si elle a des impératifs et qu'il lui envoie ses sincères salutations. Emma ne ressent rien de particulier à la lecture de cette lettre. Elle sait que ça ne se fera pas. Que ce n'est pas une bonne idée.

Au moment du repas, elle en parle tout de même à Marc, comme ça, pour voir. Marc affiche un grand sourire et lui dit qu'il est fier d'elle. Emma sent sa cage thoracique s'ouvrir et son souffle s'emballer. Elle les ressert en vin pour fêter ça. Ivres, ils s'enlacent et s'embrassent. Et font l'amour avec force. Le lendemain matin, Emma se réveille, Marc est déjà parti. Il a laissé un petit mot pour elle dans la cuisine avec un gros cœur au feutre. Emma le prend en souriant et lit les quelques phrases :

Quelle nuit ma poupée ! C'était merveilleux. J'ai repensé à cette histoire de dessins. Je pense que ce n'est pas le bon moment. On en reparlera quand la petite sera plus grande. Elle a besoin de toi tu sais. On a tous les deux besoin de toi. Je t'aime. Marc.

Marc entre dans la chambre. Emma est nue et attrape sa chemise de nuit pour l'enfiler. Marc l'arrête :

— Attends, reste un peu comme ça que je te regarde.

Emma rougit. Elle reste debout près du lit et sent le regard de Marc la caresser. Aimant se sentir désirer, elle commence à se tortiller. Elle et lui c'est un cadeau de la vie. Elle repense souvent à celle qu'elle était avant, à ce corps qui n'existait pas, à ces autres qui ne la voyaient pas, à cette jeune fille mal dans sa peau qui se lavait trois fois par jour parce qu'elle était convaincue que les autres la fuyaient parce qu'elle puait. Puer, c'est ce verbe qu'elle conjuguait, seul ce verbe extrême pouvait expliquer cette indifférence. Ce rejet. Alors elle n'avait de cesse de se laver, pour se purifier, pour ôter cette couche de crasse qui la séparait des autres. Elle était convaincue de cela. De sa pestilence. Sa certitude l'obligeait souvent à tester l'odorat de Martin car elle ne comprenait pas comment lui pouvait supporter son odeur infâme. Elle lui demandait souvent, les yeux fermés, de sentir des vêtements, des rideaux, des boîtes, des chaussettes, des foulards et elle le voyait sourire ou froncer des sourcils. Il réagissait à propos. Nez performant. La présence de Martin à ses côtés restait donc un mystère.

Marc est arrivé après ces années-là. Marc n'a pas fait cas de son odeur. Marc a même goûté sa peau des heures.

Marc la regarde et alors Emma rougit parce que même si elle aime ça elle n'a pas l'habitude. Que Marc lui demande de rester nue la touche. Et elle savoure cet instant. Et elle vibre à nouveau. Et Marc se remet à parler mais sa voix change et ses mots n'ont plus de sens. Ce n'est plus Marc qui parle :

— Tu peux te rhabiller. T'as déjà les bourrelets de la césarienne, alors les autres c'est trop. Ça fait plus de deux ans maintenant que tu as accouché, prends-toi en main.

Un mois d'avril. Marc est en déplacement pour cinq jours. Emma est angoissée de devoir rester sans lui si longtemps. Elle a tellement besoin de lui. Il est tout pour elle. Il la guide, la rassure, la fait exister. Au bout de trois jours, ne supportant plus d'être seule, Emma invite Martin à dîner. Ils ne se voient quasiment plus depuis qu'il a déménagé. Emma le trouve changé. Plus large, plus mâle, son métier qui doit l'endurcir. Lorsqu'il arrive à l'appartement, il couvre Rose de baisers et dit qu'il n'en revient pas qu'elle ait déjà trois ans.

— Elle est magnifique ta fille ! Quel plaisir de vous voir. C'est dingue comme le temps file. Comment vas-tu ?

Emma qui a peu l'occasion de parler répond à sa question par de nombreuses réponses. Elle lui raconte les exploits de Rose, les derniers films qu'elle a aimés, le groupe de rock qu'elle a découvert sur France Inter dont elle ne se souvient plus du nom et qu'elle adore, le nouveau canapé que Marc lui a acheté, les voisins du dessous qui se sont mis à la guitare et au chant et que c'est très beau, les petits sablés que Marc lui prépare tous les dimanches. Mais elle ne dit rien de cette solitude qui l'envahit de plus en plus, des mains de Marc qui la caressent de moins en moins, de ses mots durs avant ses mots doux, de cette peur qui grandit et commence à endommager son ventre. Elle ne dit rien parce qu'il n'y a rien à dire. C'est là mais ce n'est pas là car il y a plus important, il y a Marc, le roc dont elle a besoin. Avant de partir, Martin prend Emma dans ses bras. Ils restent un moment ainsi.

Un hiver. Marc a réservé un appartement dans une résidence de luxe dans les Alpes du Sud. La neige est poudreuse, Rose découvre la glisse, Marc adore Emma, Emma fait bander Marc. Un soir au restaurant, Marc et Emma parlent des heures. De Basquiat, James Brown et Pierre Richard. La discussion est joyeuse et animée. Marc a des fous rires, Emma a relevé sa jupe et défait son chignon avec désinvolture, la petite s'est endormie sur la banquette, ils sont seuls au monde, les corps se penchent, les mains se réclament, les bouches pleines d'envie se mordillent, les yeux sont immenses, écarquillés et remplis de désir, les cuillères et les fourchettes se lèchent, les pieds sous la table se cherchent. Dehors il neige. Et la neige est silencieuse. Tout, autour, est silencieux. Car Marc et Emma prennent tout l'espace. Ils rayonnent. Et les gens qui les regardent les envient.

Pour fêter les quatre ans de Rose, Emma souhaite organiser une petite fête. Elle a envie de guirlandes, de confettis et de bougies. Elle souhaite inviter Martin, ses parents et peut-être leur amie Sarah qu'ils n'ont pas vue depuis une éternité. Marc dit non.

La petite a de la fièvre et Emma tente de l'apaiser avec des bains tièdes et des huiles essentielles. Inquiète, elle a du mal à se concentrer et oublie la casserole sur le feu. Marc rentre du travail, exténué. Sans un mot, il se met à table et commence à manger. À la première bouchée, il recrache tout. Il se lève, ausculte la casserole, l'attrape par le manche et s'approche d'Emma. Il reste un moment, silencieux et immobile, à la dévisager. Emma sent tout son corps qui se resserre, de sa carcasse jusqu'aux viscères. Il ne lui dit rien, se contente de la regarder et vide tout le contenu dans son assiette. Il lève la casserole au-dessus de sa tête et la brandit comme une arme. Emma ferme les yeux dans l'attente du coup sur son crâne. Marc balance négligemment la gamelle sur la table et sort.

Pour ses vingt-six ans, Marc offre une place de concert à Emma pour le Zoo TV Tour de U2. Il s'y est pris des mois à l'avance pour réussir à avoir ces billets, pour que sa poupée puisse voir son groupe préféré. Emma n'en revient pas. Marc est vraiment incroyable. Il la connaît par cœur et la gâte tout le temps. Il s'est occupé de tout, c'est la voisine du dessus qui gardera la petite. Emma n'est pas rassurée mais Marc lui dit qu'il faut qu'elle coupe le cordon, que Rose a quatre ans maintenant. Marc a raison.

Emma dort de plus en plus dans la chambre d'amis où il n'y a jamais d'amis. Elle prend trop de place dans le lit et elle respire fort, dit Marc. Ça le gêne dans son sommeil.

Dimanche 5 juin 1994. Marc n'a pas eu envie de faire ses sablés aujourd'hui, il a mal à la tête et n'a le goût de rien. Emma les réclame en rigolant. Elle le taquine. Ça ne fait pas rire Marc qui se lève de son canapé, lève sa main au-dessus d'elle et. Pour une fois. Frappe.

DAVID

L'hiver a quitté les montagnes pour quelques mois. Les jours ont rallongé et le soleil illumine le printemps multicolore. L'été sera bientôt là.

Ils plantent les tentes au plus près de l'eau. Une toute petite pour Maya, une plus grande pour David et une encore plus grande pour Éric et Claire. C'est Maya qui aide David à monter la sienne. La petite dégourdie fait ça en quelques minutes en expliquant méthodiquement à David les secrets d'un montage réussi. David fait semblant de s'y intéresser alors que c'est autre chose qui le captive au même moment : les sourires et l'harmonie qui irradient cet instant. Même Éric rit à gorge déployée. Léger. Très loin de sa rigidité habituelle. Et puis, en plus de cette allégresse, il y a les grands arbres au-dessus d'eux. L'herbe verte, dense et fluorescente, avec des marguerites entre ses fils. Les insectes tout fous, butinant et ronflant, shootés par les hormones printanières. Les rayons du ciel clair perçant les feuillages. Le vent, rien qu'un souffle d'air, chaud.

Une fois le campement en place, Claire qui a toujours la bougeotte, reprend la voiture avec Maya pour rejoindre le village le plus proche. C'est le jour du marché et elle veut remplir son panier de légumes et de fruits de saison. Éric lui demande de ne pas oublier le saucisson.

Les deux hommes sont assis les pieds dans l'eau et discutent des ruches de Mimi dont il va falloir s'occuper car elle commence à fatiguer et n'a plus l'énergie pour le faire. David écoute avec attention les explications d'Éric concernant l'apiculture. Il trouve cela poétique. Il aime les mots « reine » et « alvéole » qu'il se répète dans sa tête. Éric parle sans poser de questions à David. Il n'essaie plus, à chaque fois, David reste mutique ou détourne le sujet en posant à son tour des questions.

— Il fait trop chaud ! souffle Éric en criant.

D'un coup il se redresse et se déshabille. Il balance son tee-shirt, son jean et son caleçon à terre. Nu, il s'étire devant la rivière translucide. Il crie à nouveau, comme un animal cette fois. Il plonge ses pieds dans l'eau glacée, crie encore, fait de grands mouvements pour se motiver, se mouille le visage et la nuque, puis plonge d'un coup et disparaît.

David ne le lâche pas des yeux. Surpris par son élan et porté par la beauté de ce corps. Éric reste seulement quelques minutes. Il ne sent déjà plus ses pieds. Il ressort.

— Elle est gelée mais qu'est-ce que c'est bon, dit-il en s'allongeant le dos sur l'herbe.

David ne répond pas, ne bouge pas et continue d'observer la surface de l'eau qui bouge encore.

— Et toi ? T'attends quoi pour te déshabiller ? demande Éric. Je ne sais pas comment tu fais, tu es toujours emmitouflé. Eh ! C'est bientôt l'été ! T'es pudique ou quoi ?

Non, il n'est pas pudique, ce n'est pas ça. C'est simplement qu'il n'a pas confiance en son corps qui se transforme. Qui mute. David est bien conscient que ce ne sont que des visions. Il sait que dans sa tête quelque chose ne tourne pas rond mais il ne veut pas que ça se sache, qu'Éric le prenne pour un fou, alors il répond sans réfléchir :

— J'ai un souci avec le soleil. Je dois protéger ma peau au maximum.

— Ah merde. Pas cool. Je comprends mieux pourquoi t'es pas raccord avec le printemps...

Puis Éric se tait et ferme les yeux pour savourer cet instant. Être séché par le soleil, réchauffé par lui, sentir la température monter, voir le rouge sous les paupières, apprécier chaque millimètre de peau, se sentir là, entier.

David est toujours à la même place. Assis, les jambes repliées contre son torse, les bras autour de ses tibias et le menton posé sur ses genoux. Il observe deux libellules en train de s'accoupler. Leur danse est fascinante. La femelle est arrimée à l'abdomen du mâle et leurs deux corps forment comme une roue. Un cœur. C'est ensuite une araignée d'eau qui retient son attention. Marchant comme par magie sur la surface lisse de la rivière. Puis un papillon, jaune, qui l'entraîne ailleurs. David se nourrit de tout ça. Cette légèreté est une délivrance. Il détend ses jambes, repousse son buste en arrière et s'appuie sur ses bras qu'il a étirés derrière son dos. Il penche sa tête vers la droite. Vers Éric qui ne dit plus rien, qui dort. À plat dos, il respire mais bouge à peine. David est happé par cette vision. Ce corps alangui attrape ses yeux, son nez, sa bouche qui se mettent à vibrer imperceptiblement. David détaille la carrure de ses épaules, la courbe de ses pectoraux, la profondeur de son nombril, la largeur de son pénis, le galbe de ses cuisses, descend jusqu'à ses mollets, ses pieds. Puis remonte. Dessine son visage. Observe sa barbe naissante, ses lèvres entrouvertes. Redescend. Puis remonte. Les minutes passent et David oublie tout le reste, attrapé par cette silhouette. Il reste un moment à contempler Éric puis finit par se pencher et se rapprocher de son torse imberbe. Se rapprocher encore. Il n'est plus qu'à quelques centimètres de sa peau et il le renifle. Il sent le bois et la terre. Et la rivière aussi. C'est un parfum qui picote étrangement les narines. Qui s'infiltre et crée des remous. David sent que tout se met à bondir à l'intérieur. Son cœur tape plus fort, son ventre s'agite, ses mains transpirent et il salive. Entre ses cuisses, c'est humide et douloureux et bon. Il se rapproche encore et baise le téton droit d'Éric qui ne bouge pas, dort profondément. David poursuit ses baisers, libérant sa langue pour qu'elle le goûte. Il remarque bientôt que la verge d'Éric frémit. Puis se gonfle. Se redresse. Cette vision l'excite. La chaleur entre les jambes de David est de plus en plus intense. Et il ne peut plus nier ce désir qu'il éprouve. Qui le submerge. Il approche sa main du sexe d'Éric. L'approche encore alors qu'il embrasse toujours son torse. David plane. Ce qui le traverse est électrique et l'extrait complètement du reste du monde. C'est une bulle de plaisir qui… Explose. Éric sursaute, ouvre les yeux et, paniqué, repousse David violemment. Il l'éjecte contre le tronc de l'arbre derrière eux. Éric se redresse rapidement, regarde son phallus en érection, David recroquevillé sous l'arbre, se relève d'un bond, attrape son jean, l'enfile à toute vitesse et marche droit devant lui, sur l'herbe phosphorescente et les marguerites. Sa silhouette rétrécit puis il disparaît dans la forêt.

David, électrocuté, ne bouge plus. Cette secousse vient de le réduire en miettes. Il n'est plus qu'un millier de particules éclatées et ne parvient pas à se recentrer. Il a le souffle court, la tête baissée et le visage brûlant. Il a honte.

NATHAN

Depuis leur beuverie, Field et Nathan se voient davantage. Ils ne parlent plus de l'enquête qui n'était peut-être jusque-là qu'un prétexte. De toute façon il n'y a plus grand-chose à en dire, à part ressasser et supposer, supposer et ressasser. Et c'est sûrement le temps d'une pause pour souffler et se recharger après toutes ces années de quête.

Oui, cette pause est nécessaire, et c'est pour cela que tout se fait simplement. Sans question ni culpabilité. Ils savent qu'elle reviendra bientôt, que son fantôme les réclamera à nouveau, mais pour l'instant ils savourent cette parenthèse. Erika n'aime pas Field, n'aime pas ça, ce rapprochement. Nathan l'écoute avec indifférence. Il est bien avec elle, il aime être dans ses bras et se projeter avec elle, mais là, il y a un gouffre entre eux. Ce lien entre Field et lui, elle, ne pourra jamais le comprendre. Il faudra bien pourtant, car pour Nathan il est vital.

Il est dix-huit heures et Nathan rejoint Field au commissariat après le travail.

— Tu vis là en fait ? s'amuse Nathan en voyant les vêtements de Field entassés dans un coin de la pièce.

— Oui, je suis bien ici. J'ai mon vieux canapé en cuir avec qui je fais de beaux rêves, mes bouquins, ma radio, ma bibliothèque, la cantoche, les douches nettoyées deux fois par jour, je sais vraiment pas pourquoi je garde mon appart'. Peut-être à cause du chat et des quelques femmes qui passent…

Nathan sourit et l'envierait presque. Se satisfaire de si peu, ce doit être la liberté. Même si, à bien y regarder, Field n'a pas la tête d'un gars libre et épanoui. En même temps ici, dans ce bâtiment sous contrôle, entre les menottes et les cachots, les armes et les uniformes, rien n'est propice à la plénitude. Field, en dehors de l'« Enquête », ne parle jamais de son travail à Nathan. Nathan ne sait d'ailleurs pas trop ce qu'il fait, quelle est sa spécialité. Il sait juste qu'il fait partie des piliers du commissariat, qu'il a des tas de dossiers qui remplissent son bureau et qu'il est souvent sollicité.

Nathan a apporté quelques bières. Il a arrêté de fumer mais demande une cigarette à Field. Il respire déjà toutes les clopes de Field, autant fumer, ça ne changera pas grand-chose.

— Tu veux pas une aubergine plutôt ? demande le commissaire.

— Qu'est-ce que tu racontes ?

— Sache, jeune homme, que dix kilos d'aubergines contiennent la même dose de nicotine qu'une cigarette !

— N'importe quoi ! De toute façon, je déteste les aubergines.

— C'est parce que tu n'as jamais goûté mon tian !

— Ton tian ? Tu veux dire que tu… cuisines ? demande Nathan qui l'a toujours vu manger des chips et des sandwichs sous cellophane.

— Oui Monsieur ! Je cuisine ! Osso bucco, mousse d'artichaut, navarin d'agneau...

— Et tu fais aussi des plats qui finissent en A genre moussaka ?

— Très drôle... Tu ne me crois pas ?! s'offusque Field.

— C'est pas ça mais...

— Pas de mais ! Rendez-vous vendredi vingt-deux heures trente à l'appart !

— Vingt-deux heures trente ? C'est pas un peu tard pour un dîner ? Erika va...

— Je bosse jusqu'à vingt et une heures et après il me faut du temps pour ma grande cuisine ! Et emmène Erika, ça me fera plaisir de la rencontrer.

— Je peux toujours lui proposer mais à mon avis c'est mort.

— « C'est mort », je déteste cette expression, souffle Field. Primo, elle est moche, oui, c'est une expression moche ! Secundo, il y a toujours de l'espoir. Je ne supporte pas les phrases lapidaires de ce genre.

— Bref, merci pour l'invit' mais je viendrai sûrement seul !

— « Bref »... c'est pareil c'est un mot qui...

— Eh Field ! T'as fini ! T'es un vrai maniaque en fait. Tu m'étonnes que tu sois vieux garçon !

Nathan regrette déjà la phrase qu'il vient de prononcer. Comment a-t-il pu être aussi maladroit ? Même s'ils n'en ont jamais vraiment parlé, Nathan sait que Field ne s'est jamais remis de la disparition de sa mère et que son rapport aux femmes est compliqué depuis ça. « Ça », c'est le mot que Nathan utilise dans sa tête pour parler de toute cette histoire. L'histoire de sa vie finalement, même s'il tente d'en écrire une autre à côté, par-dessus, pour tout couvrir, pour faire comme si. « Ça » est toujours là. Tapi. Prêt à bondir. Comme ce soir. « Ça » vient figer les sourires.

Nathan se mord les lèvres. Il parle trop vite des fois. Ne réfléchit pas. Heureusement Field est un roc et son armure est imperméable à ce genre de piques. Bien sûr que Field a senti la pointe traverser son cuir pour rejoindre le cœur sensible de sa chair, qu'il a eu une secousse microscopique mais véritable, que le fantôme a fait une apparition, que cette moquerie l'a ramené à « Ça », mais ce n'est rien. « Ça » traverse et « Ça » passe. Et Field est déjà sur autre chose.

— Je suis allé au ciné dimanche. Soirée Scorsese. Et j'ai vu *Taxi Driver* pour la trentième fois. Putain, quel film ! Travis Bickle, ce mec hors cadre, avec ce vide terrifiant dans le regard, et ce morceau d'Herrmann, *I Still Can't Sleep*, je l'écoute en boucle depuis dimanche. Tiens, je vais te le mettre, c'est vraiment trop bon.

Nathan s'attend à ce que Field sorte un vieux vinyle des tiroirs mais le commissaire sort son smartphone. Il n'est pas ridicule, est efficace et trouve la musique en quelques secondes.

— Ferme les yeux et écoute ça !

Nathan s'exécute. Et se fait tout de suite embarquer. La batterie d'abord, hypnotique. Puis les cordes et les cuivres. Et le saxophone sublimant l'ensemble. Field et Nathan s'allument une cigarette car c'est une mélodie faite pour se perdre dans les volutes de fumée. Nathan revoit De Niro avec sa crête et son doigt ensanglanté sur la tempe. On frappe à la porte mais Field ne répond pas et la personne derrière la porte n'insiste pas. Tout le monde ici sait qu'avec lui il ne faut pas insister. Dans quatre minutes trente-quatre, il sera de nouveau disponible. Pas avant. Nathan prend de grandes bouffées de tabac et sent que sa tête commence à tourner, mais il continue, il aime cette sensation.

Le morceau est terminé. Une minute de silence est nécessaire pour remettre les pieds sur terre. Cette minute écoulée, Field se lève d'un bond :

— Excuse-moi, je reviens tout de suite. Je vais voir qui est l'hurluberlu qui a osé frapper quand le saxo m'a fait atteindre le septième ciel.

Field est un être contradictoire. Il peut être taiseux mais aussi dans l'emphase. Nathan préfère le dernier extrême. Quand ses grands airs et ses grands mots prennent beaucoup de place, c'est réconfortant. Ça remplit les vides et ça évite les gargouillis de l'âme. Mais c'est aussi traître, car après, ça peut être difficile. Quand Field sort de la pièce, les vides peuvent revenir d'un coup. Parfois plus forts, plus profonds, et envahir l'espace. Nathan se sent pris d'un vertige. Il commence à trembler et cale une nouvelle cigarette entre ses lèvres pour tenter de s'apaiser. Il est submergé par une vague d'angoisse et essaie de se raccrocher aux mégots dans le cendrier, aux dossiers sur le bureau, aux capitons du canapé, à l'étiquette déchirée sur la bouteille de bière. Il se charge de fumée, recrache tout en s'étouffant et se met à tousser violemment. Field revient et lui tape dans le dos, histoire de l'aider.

— Allez gamin, fais sortir ce que t'as de coincé en travers de la gorge.

Nathan se sent englouti, ne fait pas le lien entre les mots de Field et la phrase qu'il prononce mais, obéissant à cette invitation inconsciente et libératrice, prononce la phrase quand même :

— Parle-moi de mon père.

Field, d'habitude si loquace, ne répond pas tout de suite. Il est embarrassé par ces mots. Handicapé par eux. Il ne sait plus comment émettre un son, ni comment placer sa langue pour prononcer telle ou telle consonne. Il a perdu l'usage de la parole. Nathan ne répète pas sa question qui vient du fin fond de ses entrailles et ne peut être prononcée qu'une seule fois. Il attend. Field attend. Puis, recouvrant peu à peu ses capacités, Field répond :

— Non, je suis désolé Nathan mais je ne peux pas.

— Pourquoi ?

— Parce que j'en dirai du mal.

TESS

Tess sent maintenant qu'elle n'a plus de temps. Plus beaucoup de pas et il faut qu'elle les économise. Son visage défiguré vient d'accélérer la nuit. Elle le dissimule comme elle peut en baissant la tête vers ses talons toujours aussi bruyants sur le béton. Elle le cache parce qu'il est laid. Effrayant. Toutes ses cicatrices, ces coups donnés. Par lui, le « *spiderman hungry* ». Ne pas voir ça.

Le nier, raser les murs pour se fondre dans la brique et le crépi, faire de chaque chemin le plus court, jusqu'au prochain croisement vers une nouvelle avenue, une nouvelle issue, espérer que tout se libérera après cet angle de rue, que les étoiles cesseront de scintiller pour disparaître dans l'aube, que le nouveau matin chassera les monstres des cauchemars et gommera les marques sur la peau, braquer son regard vers devant pour qu'il efface tout ce qu'il y a derrière, ne plus rien redresser, tout contracter, presque ramper comme rampent les serpents, envier leur sang froid, vouloir siffler comme eux pour tenter de séduire les démons noctambules, croiser ce chat et se rêver nyctalope pour dompter l'obscurité et comprendre ce qui s'y joue, ce qui s'y cache, murmurer des mots insensés qu'on ne peut entendre parce qu'il y a trop de cris et de bruit par ici, la ville est sonore, on ne peut l'oublier, même en baissant la tête sur les trottoirs espérant qu'ils absorbent les vibrations des sirènes et des klaxons.

S'arrêter.

Tess s'arrête.

Et c'est là qu'elle voit ses mains. De la crasse sous les ongles. Entre les doigts. Incrustée dans la peau. Une crasse qu'elle ne connaît pas, qu'elle n'a jamais vue avant. Quelque chose de très sale. Épais. Elle reste un moment à scruter ses phalanges et à observer ses plis. Elle met son index dans sa bouche et le couvre de sa langue pour tenter de comprendre par le goût. Mais cela n'avance à rien, ce miel noir et tenace n'a pas de saveur particulière. Il pique, c'est tout ce qu'elle peut dire, mais pas comme du poivre ou du piment, plutôt comme des épines.

EMMA

1994

Marc a frappé Emma. Puis s'est excusé en la baisant de la tête aux pieds. Le lendemain, il est rentré du travail avec un bouquet. Le surlendemain, avec une bague. Le jour suivant avec un autre bouquet. Puis le jour d'après, il l'a giflée pour deux assiettes sales laissées dans l'évier.

Depuis, c'est une valse à deux temps qui s'est installée dans l'appartement. Un temps pour les coups et un temps pour les baisers. Emma se laisse entraîner par son cavalier, c'est lui qui mène la danse et lui fait tourner la tête. Elle a de plus en plus de vertiges et de moins en moins de repères dans cette ronde folle. La valse s'est immiscée insidieusement dans la vie d'Emma. Elle s'est laissé porter par les premiers pas, déroutants mais réconfortants tout de même. Puis tout s'est enchaîné, et de plus en plus vite. Dans la douleur. Elle est maintenant dépassée par tout ça. Elle n'a plus aucune prise et ne gère plus aucun de ses gestes. Un pantin chiffonné face aux caprices de son marionnettiste.

— Ma poupée, ça te dirait qu'on se fasse une petite soirée en amoureux ? Un petit ciné ?

— Oui.

— Je vais demander à Mme Brechon qu'elle garde la petite. Va mettre ta robe verte. Pas celle avec la ceinture, elle te boudine trop. Mets celle avec la dentelle que je t'ai offerte à Noël.

Dans la file d'attente, on ne voit qu'eux, la belle rousse au bras du grand brun aux tempes grisonnantes. Ils ont de l'allure et leurs baisers langoureux font des envieux. Ils ont l'air fier et sourient peu. Pas du tout même, ce qui les rend encore plus mystérieux. Il ne lâche pas sa main, c'est beau de voir ce lien. Cet attachement. C'est ce que pense la femme derrière eux qui est venue seule voir son film car son mari avait mieux à faire, une soirée poker.

Les amoureux entrent dans la salle trois. Marc a choisi *Pulp Fiction*. Emma n'aime pas les films de Tarantino, elle trouve ça trop violent, mais elle aime être dans ces sièges de velours, dans le noir, avec l'épaule de Marc contre la sienne et sa main sur sa cuisse.

Un jour gris, chargé de nuages et d'éclairs, les coups pleuvent et Emma passe sa journée contre le lavabo de la salle de bains où Marc l'a enfermée. Elle entend les rires de sa fille chatouillée par son père dans le salon et ça la rassure. Puis, de temps en temps, Marc met un dessin animé à la petite ou l'installe dans sa chambre avec ses poupées et revient vers Emma. Elle entend la clé dans la serrure et se recroqueville un peu plus. Des moments, il la regarde, la dévisage puis ressort. Parfois, il lui parle : « Tu comprends, c'est pour notre bien à tous. Il faut que tu te reprennes en main, tu te laisses aller depuis la naissance de Rose. Il faut que tu réfléchisses à tout ça ma poupée », puis repart. La frappe puis repart. Lui parle encore : « Arrête de chialer, tu ressembles à rien », puis repart. La console puis repart. Et à une heure du matin, il ouvre la porte qu'il laisse ouverte et retourne se coucher. Emma dort quelques heures dans le canapé et se lève avant tout le monde. Elle a des choses à faire.

Autour de la table du petit déjeuner, Marc dit à sa fille :

— Tu as vu ta maman comme elle est belle ce matin. Ce beau chignon avec ce beau chemisier. Et c'est un festin qu'elle nous a préparé. Qu'est-ce qu'on dit à maman, ma puce ?

— Merci maman ! Je t'aime !

Les jours et les semaines passent et cette routine se confirme. Insultes et raclées pour plus de câlins et de mots tendres. Emma s'accommode de ça. Elle a trouvé une parade pour le supporter. Elle passe au travers, tout simplement. Quand elle sent que la situation dérape et qu'elle va avoir mal, elle disparaît. Se reconnecte à sa transparence initiale. Elle sort de son corps, le laisse seul avec le bourreau, puis revient quand tout est fini. Elle est là sans être là, les mains de Marc frappent sa peau qu'elle a rendue perméable le temps du massacre, ses mots humiliants traversent ses oreilles qu'elle a momentanément disjonctées et ses yeux plongent dans les fissures des murs, les traces sur le plafond, les rayons du soleil sur les rideaux tirés ou les plis de la moquette. Ils font diversion. Elle perd un peu la raison. Et ça passe. Tout passe. Jusqu'à ce que Marc redevienne Marc.

Un soir où Marc est en déplacement, Martin vient la voir à l'appartement. Elle est heureuse de le voir et rit et parle beaucoup et boit et se laisse aller et savoure sa tendresse qui l'enveloppe. C'est Martin qui lit l'histoire à Rose. Elle s'endort quand le lapin vert rencontre la girafe au torticolis.

Quand il revient dans le salon, Emma se lève et le prend dans ses bras. Elle le serre fort pour qu'il la serre fort. Un peu désemparé au début, il fait de petits gestes, l'effleure de ses doigts, ne bouge quasiment pas. Puis elle frotte son nez dans le creux de son cou. Elle respire fort. Elle continue de frotter son visage contre lui. Sa bouche le long de sa nuque, puis sur le menton, la joue pour rejoindre ses lèvres. C'est leur premier baiser d'adulte et c'est très étrange car elle l'a toujours considéré comme son frère et lui comme sa sœur, même si ce n'est pas si simple. Ils sont maladroits. N'osent pas. Ferment bien les yeux pour ne pas que leurs regards se croisent. Les lèvres s'ouvrent un peu plus, les mâchoires se détendent, les respirations s'accélèrent puis les langues s'emmêlent. Et tout change. Et le désir est là. Il n'y a plus de retenue. Emma et Martin se touchent, se déshabillent, se dévorent et font l'amour dans le canapé. C'est intense. Salvateur.

C'est un instant, une parenthèse, parce qu'après, nus et côte à côte, ils ont du mal à se regarder. Mais Emma commence à sourire, puis à rire et Martin la suit rapidement dans son euphorie. Les deux grands gamins sont heureux de cette complicité. Ils pouffent et savent que cette étreinte n'a rien changé à leur fraternité, bien au contraire. Emma se relève pour prendre leurs verres et Martin demande :

— Qu'est-ce qui t'est arrivé ?

Emma ne comprend pas sa question et Martin poursuit :

— Ces traces sur tes cuisses... Qu'est-ce que tu t'es fait ?

Emma n'hésite pas une seconde et répond comme si c'était vrai :

— Je suis tombée de vélo. Un imbécile qui a ouvert une portière.

Maintenant, chaque fois que Marc part quelques jours pour le travail, c'est Martin qui vient à l'appartement quand il n'est pas avec sa chérie du moment. Ça fait beaucoup de bien à Emma. À Rose aussi qui adore Martin. Ils parlent beaucoup, de tout et de rien, ça la distrait, lui donne un peu d'air, ils font l'amour des fois mais pas systématiquement, seulement quand ils ont un grand besoin de tendresse. Le reste du temps, ils dorment habillés l'un contre l'autre. Mais un soir, Martin devient trop sérieux et ça ne plaît pas à Emma qui souhaite qu'il s'en aille. Martin ne bouge pas et insiste :

— Le coup du vélo pour les bleus sur les cuisses OK. Mais la dernière fois c'était une marque sur ton bras et aujourd'hui je vois cette entaille sur ta lèvre... Emma, dis-moi ce qu'il se passe.

— Rien de spécial, je suis maladroite en ce moment.

— C'est Marc qui t'a fait ça ?

Pas de réponse. Il répète :

— C'est Marc qui t'a fait ça ?

Emma qui ne sait pas mentir dit un bout de vérité.

— Oui, enfin... On s'est engueulés et ça a un peu dégénéré.

— Un peu ? Il t'a battue, Emma !

— Tout de suite les grands mots...

— Demain, tu viens avec moi au commissariat pour déposer plainte.

Cette phrase de Martin asphyxie Emma qui n'arrive plus à respirer. Porter plainte, ces deux mots la terrifient. C'est une chose impossible. Marc serait fou de rage, il risquerait d'être mis en prison et c'est inconcevable car Emma ne peut pas vivre sans lui. D'autant plus qu'elle sait que ce n'est qu'une mauvaise période, que ce n'est pas vraiment sa faute et que c'est son mal-être qui le rend comme ça. Si elle s'occupe bien de lui, bientôt tout ça sera fini et ils seront heureux. Elle peut l'aider, elle en est certaine même si elle a peur. Hors de question de tout casser maintenant.

Paniquée, Emma se lève, tourne un peu dans le salon, et dit pour couper court à l'injonction de Martin :

— Martin, c'est exceptionnel. Marc et moi en avons parlé et ça ne se reproduira pas. C'était vraiment un accident. D'ailleurs tout va très bien avec Marc. Je suis heureuse. Et... je suis enceinte.

Emma finit sa tirade dont seule la dernière phrase est vraie. Elle regarde les branches de l'arbre derrière la baie vitrée en espérant que Martin ait compris et passe à autre chose. Martin est un peu sonné par tout ça. Il bascule son verre de rouge puis répond :

— Eh bien... C'est... Une belle nouvelle. Toi qui as toujours rêvé d'une famille nombreuse, c'est... Juste un dernier mot par rapport à Marc, s'il recommence, ne serait-ce qu'une seule fois, promets-moi de venir m'en parler.

Emma hoche la tête en guise d'accord sans rien promettre.

— Puisqu'on en est à l'heure des confidences, poursuit Martin, j'ai moi aussi quelque chose à t'annoncer. Lucia, que j'ai rencontrée à mon cours d'espagnol, eh bien ça fait plusieurs mois maintenant et c'est sérieux. D'ailleurs... hésite Martin, on va se marier et on part vivre quelque temps en Espagne.

Emma ne dit rien, elle s'est tournée vers Martin et le regarde en silence. Martin, gêné, continue ses explications :

— Je t'en ai pas parlé avant parce que... Vu ce qu'il se passait entre nous. Mais bon, en fait il n'y a rien entre nous. Enfin non ! C'est pas ce que je veux dire, c'est... Qu'on peut pas être en couple. Tu as ta vie et moi, maintenant, j'ai la mienne. Voilà.

Emma a du mal à trouver les mots. L'annonce de Martin lui fait mal. Elle le revoit dans la cour de ses parents assis sur le muret à l'attendre. Toute sa vie, il l'a attendue, et maintenant, il part. Emma ne le verra plus sur le muret. Il ne sera plus là pour elle. Plus comme avant. Elle sent déjà le vide qui suivra ce départ. Il la happe. S'empare de tout son air. Emma prend une immense inspiration, comme un bâillement, pose sa main sur son ventre pas encore rond, regarde Martin qui a la tête baissée vers le tapis et se dit que oui, finalement, c'est mieux ainsi.

— Quand est-ce que tu... vous partez ?

— Dans deux mois.

DAVID

David est dans sa chambre. Allongé sur son lit. Il s'est échappé pour pouvoir se cacher le temps que sa honte s'atténue.

Éric ne lui a fait aucune remarque. Lorsque les filles sont revenues du marché, il a rejoint le groupe comme si de rien n'était, sans regard méprisant pour David, sans colère. David a pris le déjeuner avec eux puis leur a expliqué qu'il ne pouvait pas rester les quelques jours prévus, qu'il ne se sentait pas bien, qu'il allait rentrer en stop, qu'ils n'avaient pas à s'en faire. Claire s'est bien sûr tout de suite inquiétée, disant qu'il ne fallait pas qu'il reste seul s'il n'allait pas bien, qu'ils pouvaient l'aider, qu'ils étaient là pour ça. Mais Éric a coupé court à sa tentative de sauvetage :

— Claire, tu peux le laisser décider tout seul s'il te plaît. Il faut toujours que tu te mêles de tout...

— Ah non, recommence pas avec ça.

David, gêné, a repris la parole :

— Il n'y a pas... Rien de grave, je vous rassure. Pas de quoi en faire toute une histoire. Je suis un grand solitaire vous savez et j'ai besoin de me retrouver un peu, c'est tout.

— C'est tout ! a appuyé Éric en faisant un clin d'œil à Claire.

C'est Éric qui a accompagné David au carrefour le plus proche pour qu'il trouve une voiture pour le ramener. Ils n'ont pas parlé durant le trajet et, en le quittant, Éric lui a simplement dit :

— T'en fais pas. C'est rien. On passe à autre chose.

Mais David est allongé sur son lit depuis vingt-quatre heures maintenant et il n'arrive pas à passer à autre chose. Car ce n'est pas « rien » comme Éric voudrait le prétendre. C'est un incident grave. Un cataclysme même pour David qui se retrouve face à une réalité qu'il ne comprend pas. Ces étranges fourmillements dans le bas-ventre. Ces images d'Éric – le grain de sa peau, ses bras serrés dans ses chemises, ses fossettes invisibles – qui s'accrochent à lui. Cette chaleur partant de son thorax pour s'installer le long de l'aine et rejoindre son sexe. Ce serait ça le cœur du problème qui expliquerait ces délires de mutation, ces visions délirantes, cette métamorphose du corps ? Il serait homosexuel ? Toutes ces idées lui martèlent le crâne. Elles s'acharnent et ne lui laissent aucun répit. Homosexuel… Au fond de lui quelque chose résiste. Plus qu'une résistance c'est une impossibilité viscérale. Il tente de faire marche arrière, de se rappeler ce qu'il y avait avant cette route sinueuse le menant jusqu'ici. Et c'est étrange, car il voit tout, se souvient de tout, mais ça ne l'atteint pas. Ces insultes, ces regards noirs sur lui, ces humiliations le transformant année après année en moins que rien, puis en monstre, il préfère les garder à distance, ne pas les accepter comme siens. Comme un film d'horreur qu'il regarderait à l'abri dans son canapé. Aucune conséquence pour lui. C'est sûrement trop lourd à gérer. Trop effroyable pour pouvoir le réaliser. Le voir, oui, mais rester loin de ça. Couper tous les fils pour qu'aucune connexion ne soit possible. Aucune émotion. Vide.

Un vide de plus en plus difficile à maîtriser. Des vannes se sont ouvertes sans prévenir et le remplissent et déséquilibrent l'ensemble. L'eau croupie, remplie d'images sales, s'infiltre et reconnecte David à ses parents dont il a oublié le visage, à ces étés aussi froids que des hivers, à ces enfants fragiles et innocents qui le pénètrent de leurs voix, à cet homme aux yeux vicieux, à ces mots dégueulasses, à ce jour où tout a basculé. Et ce n'est pas supportable. David se lève d'un bond. Il ne peut plus rester immobile dans cette pièce. Il respire de moins en moins et va bientôt disparaître, asphyxié. Les volets sont clos et il ne sait plus si c'est la nuit ou le jour qui habille le dehors. Aucune importance. Il passe la porte de sa chambre qu'il laisse ouverte et dévale les escaliers jusqu'à la sortie.

Dehors. Tout est blanchi par le soleil de midi. Ébloui, David met sa main devant les yeux et baisse la tête vers les pavés. Il marche vite. Il veut quitter les ruelles et rejoindre le bois. Les pins. La mousse. Les genêts. La saponaire. Il veut se faire un shoot de printemps. Le respirer, le fixer, l'attraper. Il a besoin de ses fluorescences, de ses particules, de ses pétales. De son air saturé de parfums. De ses panoramas sans début ni fin. De ses sentiers de pierre. De ses rapaces planant dans l'azur du ciel. David accélère le pas et quitte son pull qu'il laisse tomber au bord du chemin. Il accélère encore. Corps happé vers devant. Les semelles roulant sur les graviers. Le bois. Grand. Juste là maintenant. David caresse le premier tronc, aspire sa résine dans ses narines, puis l'embrasse avant de poursuivre sa marche. Il accélère et quitte son tee-shirt qui rejoint le sol. Saisit avec ses yeux tout ce qui se présente, tout ce qui brille, tout ce qui colore, fleurit, reflète, pétille. Accélère. Les chaussures abandonnées là et là. Grandes foulées. Plus vite. Le pantalon et le caleçon glissent et restent dans les fougères. Une course. David court dans le labyrinthe sauvage où tout éclot, vit, meurt et renaît. Porté par cette fièvre sylvestre, il se met à gueuler, rire, aboyer, chanter. Il expose sa nudité aux feuilles et aux racines, les pieds dans la terre, et les mollets griffés par les ronces, le visage vers le ciel. Un busard cendré virevolte au-dessus de lui.

David sort du bois et court encore. Dans le pré coloré de sauges et de trèfles rouges. Entre le vert d'en bas et le bleu d'en haut. Puis s'arrête. Nu. Seulement vêtu de ce corps qui est le sien. Lui appartient. Et qu'il offre aux nobles montagnes.

NATHAN

Depuis quelques semaines, Nathan s'est enfermé dans une bulle de laquelle il ne sort que pour ses obligations professionnelles. Il est sombre et mutique. Erika ne comprend pas car il n'explique rien et elle n'en peut plus de le voir déambuler, imperméable. Elle est partie quelques jours chez ses parents pour prendre l'air. Nathan fait ses heures au bureau et passe le reste du temps assis dans son canapé. Il fume des cigarettes en regardant le plafond. Il ne s'est jamais laissé aller comme ça. C'est la première fois qu'il se fait emporter ainsi par ses démons. Mais la dernière phrase de Field a été d'une telle violence. « Parce que j'en dirai du mal. » Quelques mots déchirant les membranes épaisses entortillées autour de son cœur pour le protéger. Depuis toutes ces années, depuis toute cette vie, Nathan avait choisi d'occulter la question du père. Il avait compris tout de suite qu'il lui fallait l'éluder pour survivre. Comme beaucoup d'autres questions d'ailleurs. Il s'était donc construit avec cette barricade esquivant la matière originelle, floutant la mère et le père, pour que le vertige ne soit pas permanent, les cicatrices moins profondes, l'existence tolérable. Seul Field lui faisait quelques piqûres de rappel qu'il acceptait froidement. Puis avec de plus en plus de facilité, d'envie, car ses mots, ce lien, lui faisaient du bien.

« Parce que j'en dirai du mal. » Sentence. Field, en une seconde, a tout fait exploser. Pulvérisant les protections et malmenant la chair et la structure sous la chair. Nathan s'est senti vidé d'un coup. De toutes ses certitudes construites, de toutes ses images rêvées, de toute sa mascarade. Sans plus aucun subterfuge pour tenir droit.

Nathan est dans son canapé, allongé, assis, debout sur les coussins, de travers, la tête en bas. Dans la fumée. Puis dans le rhum, parce que s'il n'aide pas à y voir plus clair, l'alcool a le mérite de sublimer l'évanescence. Et l'évanescence c'est reposant quand tout va mal.

Mais les questions que Nathan avait bridées pendant tant d'années reviennent à la charge. Elles sont plus fortes, plus longues, plus nombreuses, multiplient les points d'interrogation, il y a maintenant des mots soulignés, d'autres en gras, des parenthèses viennent s'immiscer, il y a même des majuscules qui sautent tant l'urgence est grande. Nathan tourne encore. Boit encore. Fume encore. Tente de perdre ses interrogations dans ce tournis. Mais elles s'accrochent car elles font partie intégrante de sa personne. Elles sont là depuis le début. Toute une vie de déni qu'il paye aujourd'hui.

Field lui a laissé plusieurs messages auxquels il ne répond pas. Nathan n'a rien à dire. Ne sait rien de toute façon, a tout à comprendre, à apprendre de ce jour-là. Ce jour où il a perdu son père et sa mère, ou sa mère et son père, il ne sait même pas dans quel ordre il doit commencer le deuil. Et cette sœur, sa sœur, qui est elle aussi quelque part, recroquevillée sur une terre lointaine, maintenue en vie par le même sang que lui.

Nathan n'a pas la force de prononcer le moindre mot, il est trop concentré à retenir le flot de larmes qui le submerge. C'est une vague de spleen. Déferlante. Pleine de rage. Qui tape dans son thorax. Et qui tape dans sa gorge. Et qui tape derrière ses paupières. C'est comme une envie de vomir en pire. Une nausée impossible à contenir.

On frappe à la porte. Nathan perçoit le bruit d'un poing contre le bois. Le poing ne s'arrête pas, et ce bruit commence à être désagréable, insupportable. Nathan est obligé de se lever pour que cessent les coups. Sans un mot, sans réfléchir, il ouvre la porte violemment et le poing destiné à la porte se retrouve sur sa face et l'écrase. Nathan tombe à la renverse.

Field se précipite sur lui. Il s'approche de son visage pour vérifier son souffle. Nathan empeste l'alcool mais respire. Il grogne même. Rassuré, Field regarde un moment le gamin endormi. Il voit les traits de sa mère et cette vision le bouleverse. Il porte sa main à sa bouche et l'appuie fort contre ses lèvres pour bâillonner un cri. Il ravale son hurlement puis pose sa main sur le front de Nathan. Agenouillé près de lui, il le caresse sans s'en rendre compte. Le caresse comme il n'a jamais caressé personne. Nathan ne grogne plus mais ronronne. Les paupières de Nathan se mettent à cligner et Field, pudique, retire sa main et se relève. Nathan ouvre les yeux, se frotte un peu la tête, gesticule maladroitement et tente de se redresser. Il parvient à s'asseoir.
— Ça va Nathan ? demande Field.
— Oui… mon… commissaire, articule difficilement Nathan.

Field l'aide à se relever et l'accompagne jusqu'au canapé.
— Je vais te chercher un peu d'eau.

Nathan met sa tête entre ses mains et se frotte les yeux. Il a le nez sanguinolent mais ne sent rien. C'est sous le squelette que ça fait mal. L'alcool et d'autres choses malmènent son cerveau qui pulse trop fort, trop vite. Field est désolé pour ce crochet du droit mais, plus que ça, de voir Nathan dans cet état-là. Il rumine un moment à côté de lui. Fait un peu de rangement pour s'occuper. Ouvre les fenêtres pour aérer. Vide les paquets qui ont servi de cendrier. Nathan plane un peu sans le voir d'abord, puis le regarde déambuler. Trier. Nettoyer. Il observe ses cheveux grisonnants, sa chemise débraillée, ses larges avant-bras, ses sourcils froncés, sa carrure de viking et se dit qu'il aimerait lui ressembler. Être un roc comme lui. Pouvoir encaisser et avancer. Tomber et se relever. Comme Field l'a fait à la mort de sa femme. Nathan sait très peu de choses de cette histoire, seulement qu'ils ont été mariés trois ans et qu'elle est morte du jour au lendemain d'une maladie foudroyante. Alors oui, depuis elle et depuis « Ça », Field est un solitaire qui ne sait plus ce qu'aimer veut dire, mais il n'est pas détruit, il vit. Et Nathan se demande si un jour il parviendra lui aussi à vivre, tout simplement, débarrassé de ses enclumes et de ses crevasses.

Field a fini de tourner. Il s'assied près de Nathan, s'allume une cigarette, tire une grande bouffée, puis dit en regardant un bout de ciel :

— Il va falloir qu'on parle. Mais pas maintenant. On va te remettre un peu d'aplomb, te faire prendre l'air, et après, on parlera de ton père.

TESS

Le miel noir sur ses mains est devenu rouge.

Cochenille, piment, coquelicot, groseille, ocre, amanite, fraise, grenat, coccinelle, framboise, tomate, amaryllis, pastèque, poivron, betterave, vin, rubis, sang, cinabre, grenade, cerise, azuki.

Vin, rubis, sang, cinabre, grenade, cerise, azuki.

Rubis, sang, cinabre, azuki.

Rubis, sang.

Sang.

Tess a les mains couvertes de sang. Des traits par endroits. Des taches ailleurs. Comme une flaque rouge sur la main droite. Ce sang ne bouge pas. Ne bave pas. Sec.

Sang.

Tess ne voit plus qu'elles. Ses mains rouges et qui tremblent. Il y a le froid bien sûr, ce froid de la nuit qui la glace depuis une infinité d'heures, qui a déjà contaminé chaque parcelle de son corps, ricochet gelé glissant sur l'iceberg noir, c'est pour ça que les mains tremblent bien sûr, qu'il y a secousse des articulations et de la respiration, mais le froid ne suffit pas pour déclencher un tel séisme des doigts, de la chair et du squelette, il faut autre chose pour que l'onde soit aussi gigantesque, il faut une explosion au plus profond de la matrice, une fissure béante entraînant des failles et des gouffres, avec encore plus de noir au fond, aux confins, et puis derrière ça, l'origine du mal, destructeur et tranchant, le regard du monstre qui a fait jaillir tout ce sang.

Sang.

Ses mains ne peuvent plus saluer, remercier, désigner, aimer, saisir, caresser, donner. Ses mains rouges ne servent plus à rien. Elles pendent au bout de chaque poignet. De chaque bras. Comme des branches mortes, calcinées par un incendie. Souffle macabre. Ses mains pendent et Tess les regarde, ne sachant plus que faire d'elles. Elle aimerait que ses doigts articulent quelques gestes, qu'ils s'expriment, même confus, mais ils restent figés. Dix tentacules raides et rouges.

Tess commence à frotter ses mains qui pendent le long de ses cuisses. Espérant que le tissu noir du manteau absorbe le liquide rouge. Du moins l'estompe. Le rende moins agressif. Mais la peau reste marquée. Imprimée. La tache sur la peau, infiltrée dans chaque sillon, rougissant les ongles et les phalanges, semble même s'épaissir, s'élargir, elle est vivante sur le membre mort. Elle s'accroche. Indélébile.

EMMA

1995

Emma accouche de son deuxième enfant aidée par son premier enfant.

C'est un vendredi, un vendredi noir, où Marc ne supporte plus les pleurs de Rose, la poussière sur les magazines, la difformité de sa femme, l'odeur de l'huile de coco qu'elle met sur son ventre. Il part en claquant la porte et ferme à clé. C'est un jour de grosse pluie. Des trombes d'eau dans les rues, des éclairs qui font tout disjoncter et le bruit du tonnerre dans les murs. Emma transforme le cataclysme en fête et allume des bougies, déguise Rose, chante et danse avec elle, organise un défilé de poupées, mange avec elle des cuillères de pâte à tartiner. Doit s'arrêter à cause d'une contraction. Puis reprend le jeu avant la prochaine contraction. Puis la suivante. Et tout s'accélère et la douleur s'intensifie. Elle perd les eaux. Le téléphone est sans tonalité. Elle demande à Rose de crier le plus fort possible « À l'aide ! » mais sa voix fluette ne suffit pas à dominer le vacarme de la tempête. Emma regarde le liquide se répandre sur le sol et sait qu'il y aura bientôt son bébé sur le tapis. C'est imminent. Il se tortille, pousse, donne des coups. Emma fait comme lui. Rose fait comme elle. Du haut de ses six ans, la gamine assiste sa mère de son mieux. Elle lui apporte des serviettes, des verres d'eau et chante. Chante toutes les chansons qu'aime sa mère. Puis à un moment, Emma crie très, très fort et Rose se tait et ferme les yeux. Puis c'est le silence. Avant un nouveau cri, celui d'un bébé.

C'est un fils.

Emma l'appelle Nathan.

Les mois suivants, Emma et le bébé s'installent dans la chambre d'amis. Marc prend une fois son fils dans ses bras puis explique à Emma que ce sera à elle de s'en occuper. Qu'il ne pourra pas. Il souffre et il est prostré quand il dit ça. Emma lui dit qu'il n'a pas à s'inquiéter et qu'elle comprend. Elle dit ça parce que c'est vrai, elle sait que Marc est en proie à une souffrance profonde qui le handicape au quotidien. Emma pensait pouvoir le guérir. Le sauver pour qu'il, pour qu'ils soient heureux. Mais l'arrivée de ce second enfant l'oblige à ne plus y croire. Son cas empire. Elle ne sauvera pas l'homme qu'elle aime et a même l'impression d'être responsable de ça.

— Je comprends, répète-t-elle.

Elle dit ça aussi parce qu'elle a peur. Qu'elle ne veut pas qu'il vrille et la frappe.

Les six premiers mois après la naissance de Nathan, Marc n'est vraiment pas bien mais il ne lève plus la main sur sa poupée. Il est simplement égoïste, de mauvaise humeur, susceptible et absent. Il ne fait que passer dans l'appartement et ne s'intéresse à personne. Comme si cette famille l'oppressait et lui donnait de plus en plus le besoin de s'isoler. Emma n'est pas vraiment malheureuse et apprécie de ne plus recevoir de coups. Elle pouponne et savoure les instants rares où Marc redevient Marc, faisant d'elle une princesse pour quelques heures.

Comme cette soirée où Martin vient leur présenter Lucia et rencontrer Nathan. Marc cuisine tout l'après-midi. Il fait des poivrons grillés, des lasagnes végétariennes et un fondant au chocolat. Emma passe une quinzaine de fois dans la cuisine. Chaque fois, un sourire, un baiser, un mot tendre pour elle. Marc lui tend la cuillère en bois pour qu'elle goûte la préparation du gâteau. Il lui en met sur le bout du nez, ils rient, il s'approche pour lui ôter la tache du bout de sa langue, la lèche là, puis là aussi, puis là. Elle dit encore. Il continue. Elle dit encore. Il la déshabille. Il l'aime. Elle dit encore.

Le soir, Marc pose plein de questions à Martin et sa femme sur leur vie en Espagne, rit fort, taquine Rose qui regarde son père avec des yeux ronds, caresse les joues, les bras, les épaules d'Emma. Emma savoure même si elle sait que c'est éphémère. Parce qu'elle sait que c'est éphémère.

Un jour, ça recommence.

Emma décide d'arrêter d'allaiter, toujours à cause de ses crevasses, et Marc lui donne un coup dans la poitrine pour lui faire comprendre que sa souffrance n'est rien et qu'il peut exister bien pire.

Une nuit, Emma se retrouve enfermée sur le balcon parce qu'elle a voulu tirer deux taffes d'une cigarette.

Un autre jour.

Marc lui démonte le bras. Elle n'a pas rangé les verres dans le bon ordre.

Et puis les gifles ne suffisent plus. Viennent les poings et les coups de pied. Parce que l'agacement et la colère de Marc sont trop grands. Il a besoin de plus pour se faire entendre et qu'Emma le comprenne enfin.

Un soir, ça va encore plus loin. Hors les murs, après une séance de cinéma. Emma est retrouvée inconsciente et seule dans une ruelle. Puis transportée à l'hôpital. Où l'interne rédige le compte-rendu suivant :

Griffures face cou et creux sous clavicule gauche

Griffures face antérieure bras gauche

Griffures thoraciques droites apicales

Probable fracture des os propres du nez, pas d'hématome de cloison

Hématome face interne avant-bras droit

Hématome coude gauche, face postérieure bras gauche

Hématome segment apical des deux seins

Hématome face latérale de la cuisse droite

Hématome face antérieure jambe gauche

Douleur en regard du sinus frontal gauche

Douleurs rachidiennes diffuses

Céphalées modérées.

La police vient interroger Emma entre deux prises de sang. Elle dit qu'elle ne se souvient de rien et qu'elle souhaite rentrer chez elle. Le flic demande si elle a quelqu'un pour s'occuper d'elle. Elle explique que son mari est en déplacement mais que sa sœur viendra.

Marc est là quand elle rentre et sa sœur qui n'existe pas ne vient pas. Marc fond en larmes et s'excuse à genoux en voyant le corps abîmé de sa poupée. Emma le garde à distance un moment, encore tétanisée. Elle le revoit debout dans cette rue. Géant et rugissant. Le regard noir, la gueule monstrueuse, les lèvres tremblantes et les muscles gonflés de colère. Elle le revoit, animal, ses poings tendus et aveugles. Elle le revoit, fou. C'était il y a quelques heures seulement. C'était elle et lui. Leur réalité. Les cicatrices sur son corps ne mentent pas. La terreur qui lui étrangle la gorge non plus. Mais maintenant elle voit Marc rampant sur le sol. Fragile. Esseulé. Qui n'a plus rien de féroce. Qui pleure même. Alors elle le laisse s'approcher, le serre dans ses bras. Et le réconforte.

Trois semaines après, Emma est de nouveau aux urgences. Cette fois à cause d'un couteau planté dans la main. « Je pleure en épluchant les oignons », explique-t-elle.

DAVID

Mimi, assise sur un muret de pierres sèches, regarde David revenir du bois et comprend tout de suite qu'il n'est plus le même. David est tatoué, imprégné par l'esprit de la forêt et Mimi devine la brillance de la rosée et le lichen sur sa peau. Elle le sent plus libre. Délesté d'un poids. Sa métamorphose a enfin eu lieu et David a déposé sa mue au pied des sapins. La vieille dame l'accueille sans un mot, consciente de la fragilité du moment. Elle se contente de sourire, de faire quelques pas à ses côtés et de se mouvoir en gestes tendres. Elle veut préserver David, qu'il ne perçoive aucun jugement. Elle sent bien que tout n'est pas encore défini, que ses contours sont encore très flous, qu'il lui faudra du temps pour s'accepter et se reconnaître, mais elle est confiante. Mimi est heureuse de cette transformation car elle savait que David était différent.

Éric, Claire et Maya rentrent un jour plus tôt que prévu. La météo n'est pas terrible et Éric montre des signes d'impatience. Il dit qu'il a beaucoup de travail mais en fait il est inquiet pour David. Éric est mal depuis que David est parti et a peur qu'il fasse une bêtise. À peine arrivé, Éric part à sa recherche. Il le trouve près de la fontaine en train de lire. Lorsque David relève la tête dans sa direction, Éric est tout de suite frappé par son nouveau visage même si les changements sont ténus. Il ralentit sa marche, perturbé par ce qui se dégage de David. Il le reconnaît mais est troublé par son nouveau scintillement. Ses yeux, son nez, sa bouche, sa peau sont les mêmes et pourtant tout semble différent. David est un autre.

Éric prend place à ses côtés. David ferme son livre et le pose sur le banc. Et oui, c'est une évidence, ses gestes sont plus délicats et sa féminité plus assumée. Éric décide de ne pas parler du baiser et de cette métamorphose. Il lui raconte la truite énorme que Maya a pêchée, l'araignée dans la culotte de Claire, le concours de pétanque où elle s'est fait remarquer en buvant trop de marquisette, la nuit où la grêle a percé la tente de Maya, le saucisson volé par un sanglier, les centaines de papillons, un matin, virevoltant au-dessus du courant.

David écoute les anecdotes en souriant. Il sait qu'Éric est déjà passé à autre chose et que leur amitié se scelle ici, sur ce banc, devant l'église de granit et de lauzes, près du grand platane.

Lorsque David rentre à son appartement, il ne voit plus la lumière de la même façon ou bien c'est elle qui l'éclaire différemment. Les ombres le dessinent autrement. David ramasse tous ses vêtements et les plie méthodiquement. Puis il cherche les quelques cartes postales qu'il avait achetées en arrivant. Il en choisit une qu'il observe un moment. Il hésite et fait un pas en arrière pour s'allonger sur son lit. Observe le plafond comme il aime le faire. C'est une évidence, le brouillard s'est dissipé dans sa tête et les lianes qui ligotaient son corps ne sont plus là. Mais cette clarté nouvelle ne lui donne pas encore toutes les réponses même si certaines sont déjà là. Il les voit sans les voir, pour se préserver encore un peu de toute cette histoire. Son histoire.

Et puis, dans son cerveau, une phrase s'installe. Et se répète. En boucle.

« Pour que le monde dans lequel je vis soit réel, il faut que j'en démontre l'existence. » C'est ce que dit cette phrase. C'est ce que dit cette phrase. C'est ce que dit cette phrase.

David se lève sans effort et s'assied devant la petite table. Il écrit quelques mots sur la carte, puis une adresse qu'il connaît par cœur, ressort acheter un timbre à l'épicerie de Pierrot et la fait glisser dans une boîte aux lettres.

NATHAN

Field et Nathan sont côte à côte et c'est Field qui conduit. Il a le pied vissé sur l'accélérateur et débraye et embraye à toute vitesse. Nathan est cramponné à son siège et ne dit rien. Il n'a pas peur. Il a confiance. Field serre ses virages et fait crisser les pneus. Ils ont tous les deux les yeux rivés sur le circuit. Le bitume défile et passent les tours. Passent les courbes. Au fur et à mesure des boucles, les deux hommes se laissent gagner par l'adrénaline et c'est Field qui pousse le premier cri. Un cri euphorique. Excité. Vivant. Nathan exulte à son tour, éjectant sa joie dans la Shelby GT 500. Douze tours de piste et la voiture s'arrête. Field appuie sur l'accélérateur pour entendre encore une fois son merveilleux ronron puis coupe le contact.

— Quand est-ce que tu commences la compète, Field ? demande le responsable du circuit. T'as ça dans le sang.

— Dès que je suis à la retraite, répond Field en lui faisant un clin d'œil.

— C'est ton fils ?

— C'est tout comme.

Nathan fait comme s'il n'avait pas entendu, comme si ce n'était rien ce « C'est tout comme », mais à l'intérieur il sent que ça explose et que ça pique sans faire mal, au contraire, de doux feux d'artifice ricochant dans ses entrailles.

Field et Nathan sont maintenant attablés devant un plateau de fruits de mer. Field regarde Nathan décortiquer ses bulots et ne mange rien, rassasié par ses tours de piste et par ce gamin qu'il trimballe maintenant partout comme le sien. Il ne sait pas vraiment ce qu'il s'est passé. Comment cette relation distante pendant tant d'années a pu se transformer ainsi. Un virage serré. Un coup de volant puissant et salvateur. Pour Field comme pour Nathan. Comme s'ils avaient eu besoin de rouler des saisons durant, les moteurs bridés et les cœurs frileux, les pieds sur le frein et les bouches taiseuses, pour enfin un jour s'élancer sur l'asphalte et rouler. Rouler ensemble.

Nathan dévore les tourteaux, les huîtres, les coques, les crevettes, les moules et les pétoncles. Il lève la tête de temps en temps pour sourire à Field. Les deux hommes parlent très peu mais n'ont jamais autant communiqué. Tout est fluide entre eux. Les regards simples, les gestes clairs, les quelques mots d'à-propos. Puis, lorsqu'il n'y a plus que des coquilles vides sur le plateau, Field déclare qu'ils sont bien ici, qu'ils ne rentreront pas ce soir, qu'ils vont se prendre une piaule pour la nuit et qu'ils peuvent donc commander une seconde bouteille. Nathan, séduit, lance au serveur :

— Jeune homme, vous nous remettrez un chablis grand cru s'il vous plaît !

Les verres sont vides et les buveurs un peu ivres. Ils marchent un moment sur la plage. Nathan a quitté ses baskets et enfonce ses pieds dans le sable à chaque foulée. Il se charge d'iode et cherche les vagues derrière les vagues. Et puis Field s'arrête et annonce :

— C'est l'heure de la sieste au soleil.

Nathan s'arrête à son tour et regarde Field s'allonger. S'étaler. Bras et jambes écartés. Une étoile de mer trapue et poilue incrustée dans les grains. Nathan reste debout un moment puis quitte son gilet, son tee-shirt, son pantalon et part en direction de la mer. Il fait ça le plus tranquillement du monde, savourant l'air d'avril saisissant sa peau. La mordillant agréablement. Il sait que l'eau va lui glacer les pieds mais il a décidé de ne pas s'arrêter et d'avancer droit devant jusqu'à ce que sa tête soit sous l'eau, quelle que soit la force des morsures du froid. En quelques secondes, il est entièrement dans la mer et ne respire plus. Saisi. Il fait demi-tour et tente de revenir aussi tranquillement qu'il est venu mais sa foulée s'accélère, non pas à cause du froid mais en raison de l'allégresse qu'il ressent, là, maintenant. Nathan marche en direction de la plage, de l'étoile de mer trapue et poilue, des dunes et pense, non, est sûr, qu'il ne s'est jamais senti aussi vivant.

TESS

Tess est sous un porche, cachée derrière une poubelle. Elle attend que le rouge disparaisse et libère ses mains et son corps et ses jambes afin de pouvoir reprendre sa marche. Cette immobilité l'oppresse. La fuite est plus supportable.

Elle observe la rue depuis le container et voit ces passants qui passent et ces véhicules qui roulent. Et cet autocar. Et ses phares immenses. Qui l'éblouissent. La transpercent. La basculent. En arrière. Loin. Là-bas. Là où la tache rouge s'est emparée de ses mains.

Des images lui reviennent, claires, nettes, sans filtre, réalistes, dessinant les creux et les formes, en trois dimensions. Tout est là. Tout ce qui a été avant cette nuit qui n'en finit pas est là. Son histoire défile à toute vitesse. Les flashs se succèdent. Tantôt doux, tantôt violents. La malmènent. Tout est là. Et tout s'accélère encore. Vertige. Jusque-là. Là où tout a basculé. Elle voit le sang. D'où vient ce sang. Elle voit le monstre. Elle est le monstre.

Tess se met à hurler. De sa bouche sortent des cris, des épines, des notes, des pleurs, des vomissements, des fleurs et des araignées. La rue et ses gens s'arrêtent. C'est un arrêt sur image. Le calme après la tempête ou le calme avant la tempête, difficile de savoir ce qui va se jouer maintenant. Puis un premier klaxon se réapproprie le silence. Puis un deuxième. Et tout ce qui se trouve sur le bitume et les trottoirs. La rumeur est à nouveau là. Et Tess revient ici. Avec toute sa vie d'avant coincée en travers de la gorge. Avec tous ses souvenirs pesant sur ses frêles épaules. Maintenant elle sait. Elle sait ce qui s'est passé durant cette journée précédant cette nuit infinie. C'est effroyable. Et elle ne veut plus. Ne veut plus savoir, veut retrouver son amnésie salvatrice et poursuivre son errance jusqu'à la fin des temps.

Tess bouscule la poubelle qui se renverse. Bouscule les piétons, les lampadaires, les chiens, les poussettes, les vélos, les cannes et les gens au bout des cannes. Cet homme au bout de cette canne qui s'excuse sans la regarder, parce qu'il ne voit pas, parce qu'il est aveugle. Elle fixe celui qui ne la voit pas. Elle l'envie. Il lui sourit. Lui tend la main. Et l'emmène dans un coin.

Il est tout rond, aucun angle pour blesser. Tête, joues, lunettes et ventre ronds. Il est plus petit qu'elle. Il porte une longue veste qui le tasse encore plus. Il n'a pas de cheveux et son crâne chauve brille sous le réverbère. Il se met à parler sans discontinuer et Tess boit ses paroles. Sa bienveillance se répand, l'inonde et la tache rouge sur ses mains commence même à disparaître. Tess se laisse transporter par l'aveugle qui la soulage de toutes ces images. Puis il s'arrête de parler. Et le silence qui suit est abominable. Tess sent tous ses souvenirs qui reviennent lui arracher les entrailles.

— Parlez-moi. Parlez-moi encore, le supplie-t-elle.

— Que veux-tu au juste ?

— Je ne veux plus voir tout ça. Je ne veux rien savoir.

— Donne-moi ta mémoire et tu seras une femme libre. Libre de ces souvenirs qui te hantent.

— Oui, je vous la donne. Je vous la donne !

— Il faut également que tu me donnes ton identité si tu veux retrouver la tranquillité d'esprit.

Tess veut bien tout lui donner. Que la cécité prenne tout. Tout ce qu'il y a à l'intérieur et qu'elle ne soit plus qu'un corps qui erre.

EMMA

1996

Depuis quelques semaines, les coups ne pleuvent plus et Marc n'est qu'un fantôme qui passe à l'appartement de temps en temps. Il garde sa famille sous clé mais Emma ne se sent pas enfermée. Elle savoure cette paix et profite de chaque journée avec ses enfants. Elle les dorlote, les masse après leur bain, mange avec les doigts comme eux, peint des arcs-en-ciel sur les murs de leur chambre, les chatouille pour que leurs rires la chatouillent, sourit, sourit, sourit quand Rose lui offre un sourire avec des dents et Nathan un sourire sans dents, les fait voler comme des avions, leur raconte des histoires de licorne sans corne et de princesse sans prince, leur parle en anglais et en espagnol pour voir leurs grands yeux ronds s'écarquiller, récolte les miettes de biscuits dans les poches de Rose et les balance en l'air pour qu'il neige dans la cuisine, gonfle des ballons sur lesquels elle dessine des bouches et des yeux pour les transformer en bonshommes qui dansent, fait des tresses africaines à sa grande et des raies sur le côté à son petit, s'allonge et fait avec eux de merveilleuses pyramides, chante et chante encore des mélodies avec des mots comme « virevolte » et « saute » dedans.

Et puis un jour, Marc ferme la parenthèse enchantée.

Les enfants dorment. Emma est dans le canapé en train de lire. Marc rentre.

Il ne dit pas un mot, va directement dans la cuisine et fait beaucoup de bruit. Il ausculte toutes les casseroles et les tupperwares mais rien ne lui plaît. Il n'a pas envie de courgette, ni de riz, ni d'agneau. Il finit par dire :

— Dégueulasse !

Emma sursaute. Pas parce qu'il hurle ce mot mais à cause de tout ce qu'il charrie. Son corps entier se verrouille d'un coup. Elle referme son livre qu'elle repose sur ses cuisses, cesse de respirer et attend. Elle attend le coup, la griffe ou la gifle.

Elle est assise. Les fesses sur le rebord du canapé. Docile.

Marc arrive d'un pas lourd dans la pièce. Le carrelage se fissure, puis le tapis, les chaises, la table, les murs, le plafond, les vitres, les fleurs, les livres, Emma, les lampes, les jouets, les coussins, les photos. Tout se fissure. Et le pas de Marc continue sa tranchée. De plus en plus lourd.

Il est maintenant face à Emma. Lui debout et elle assise. Lui géant et elle microscopique. Lui puissant et elle fragile.

Emma ferme les yeux et attend que sa main d'ogre vienne démonter sa mâchoire, son thorax ou sa clavicule. Mais rien ne vient. Elle fronce un peu plus ses paupières. A un peu plus peur. Tremble maintenant. Ce ne sont pas des vibrations qui la traversent mais des secousses. Elle ne maîtrise plus rien et attend que la main de Marc vienne la libérer. Une fois les coups assénés la peur s'en ira et les tremblements aussi. Mais rien ne vient. Emma ne peut pas trembler plus, ni froncer plus les paupières, alors il faut que les frappes viennent avant qu'elle tombe asphyxiée. Mais rien ne vient.

Emma se remet à respirer un peu. À rouvrir les yeux un peu. Et elle aperçoit son sexe à lui dressé face à sa bouche à elle. Et d'un coup tout devient noir. Terriblement noir. Longtemps. Cent ans. Puis Marc repart avec ses pas lourds et lance une phrase incompréhensible avec « Ma poupée » dedans.

Emma passe la nuit sur le sol. À moitié habillée, à moitié nue. Ses mains coincées entre ses jambes pour tenter d'apaiser la douleur, de cacher la honte, de contenir l'hémorragie. Incapable du moindre mouvement. Se voulant morte. Immobile, vide et intouchable. Souhaitant s'arracher les yeux pour ne plus voir puis réalisant que les images de cette queue fière et abjecte, des yeux de Marc, de sa bouche infâme, de ses gestes obscènes étaient maintenant derrière ses pupilles bien gravées dans son cerveau. Et que s'arracher les yeux ne servirait plus à rien.

Aux premières lueurs du jour, elle se relève enfin car ses trésors vont bientôt se réveiller. Elle passe sous la douche et ne sent pas l'eau glacée sur sa peau, peigne ses cheveux et ne sent pas leurs dents sur son crâne, attrape les vêtements dans la panière à linge sale et s'habille. Elle rejoint le salon pieds nus, attrape le dictionnaire sur l'étagère, s'assied dans le canapé, tourne les pages jusqu'à P, cherche et trouve : Poupée.

Poupée : Figurine représentant un personnage et servant de jouet, d'ornement, de décoration.

Emma tente de comprendre ce qu'elle est en train de lire. Elle tente d'oublier cette image de poupée qu'elle aimait tant, qui la rassurait, la transformait en reine. Enviée de toutes avec ses robes magnifiques. Elle lit. Et elle comprend. Qu'elle est cette poupée-là.

Elle referme le dictionnaire violemment et commence à suffoquer. Elle cherche son souffle, commence à défaillir, à perdre connaissance. Pour retrouver la raison, elle se replonge dans le livre et tente de faire diversion avec les mots Alouette, Cirque, Patinoire... Les pages et les images défilent. Elle tombe sur une peinture de Klimt. L'or transperce le papier et vient la toucher au cœur.

Elle lit les mots de Klimt : « Il n'existe pas d'autoportrait de moi. Je ne m'intéresse pas à ma propre personne comme "objet de représentation", mais aux autres êtres, surtout féminins, et plus encore aux apparitions. »

Emma referme une nouvelle fois le livre et se dit qu'elle aimerait être ça.

Une apparition.

DAVID

Un nouveau soleil se lève sur Meyra. Les genêts, les fougères, les pins, la bruyère changent de couleurs toutes les heures en fonction de sa lumière. Il y a des scarabées, des scorpions et des libellules. Il y a des flocons de pollen dans l'air et des oiseaux qui sifflent dans les arbres. Un petit vent tiède fait danser les herbes hautes et les souffle du bout des lèvres.

Dans les ruelles, à la fin du jour, tous les bancs sont occupés et des parties de pétanque se jouent sur la place de l'église. Mais ce soir personne ne parle de la météo, des nouveaux chevaux de Lucien ou de la fête du village qui aura lieu à la fin du mois. Toutes les bouches sont pleines d'autre chose. Elles piaillent, racontent, grincent, questionnent, rient, grognent. Elles ne comprennent pas alors elles ronflent et radotent et commèrent. Le mot qui revient souvent est un prénom : David. L'incompréhension est générale et entraîne angoisse et méfiance. Car il s'agit d'une métamorphose. Digne d'un film de science-fiction. Un être qui se transforme en bête étrange. Il n'y a pas de bête à Meyra mais ça reste étrange. David n'est pas le même qu'à son arrivée. C'est imperceptible et en même temps flagrant, incompréhensible. Il a les mêmes yeux, la même bouche, les mêmes cheveux, la même voix, mais ce n'est plus le même.

Mimi passe dans les rues avec sa canne et tente de les faire taire. Elle leur dit qu'il n'y a rien à comprendre. Qu'il n'y a rien de grave. Que David, avec sa différence, n'est pas dangereux. Qu'il faut le prendre comme il est parce qu'il est bon et ne mérite aucune animosité. Elle interpelle Henri avec sa bosse dans le dos, Lucie et son pied bot, Lilian qui n'a plus que six doigts pour deux mains, et leur demande s'ils aimeraient qu'on s'attarde sur leurs disgrâces. Ils baissent les regards en murmurant que ce n'est pas pareil.

— Bien sûr que si, c'est pareil ! s'énerve Mimi. C'est simplement que ce n'est pas une verrue que vous impose David et ça vous dérange parce que ça bouscule vos petites habitudes.

Mimi passe puis s'en va. Sa colère se dissipe à chaque pas car elle sait que demain ils auront un autre sujet de conversation pour alimenter leurs bavardages.

David est dans la forêt avec Maya. Ils sont allongés sur la mousse et regardent les épines des pins faire des gribouillis dans le bleu du ciel. Maya fredonne une chanson qui parle de coccinelles et de bourdons. Elle fait ça un peu n'importe comment parce qu'elle mâche un chewing-gum aux fruits de la passion et que sa langue et son palais sont embourbés dans toute cette gomme. Elle fait de temps en temps des gestes avec ses mains, comme des marionnettes. David se laisse bercer par elle et savoure l'éclosion de la nature qui pétille çà et là autour de lui. Il sait qu'aujourd'hui il est une bête curieuse mais ça ne le touche pas. Il n'a pas d'inquiétude, ça va passer. Sa chrysalide va disparaître et, bientôt, tout le monde aura oublié la chenille et ne verra plus que le papillon.

NATHAN

Cela fait trois week-ends que Field et Nathan sont sur les routes et collectionnent les bouteilles, les entrées et les desserts, les siestes, les apéros et les nuits sans sommeil. Ils ont testé le saut à l'élastique, le Hobie Cat, le golf et un Escape Game. Field a fait le meilleur chrono du mois en résolvant l'enquête en trente-deux minutes. Il s'est abstenu de dire qu'il était flic, craignant qu'on ne lui donne pas sa récompense, une montre.

Erika n'est pas revenue à l'appartement. Nathan s'est à peine aperçu de son évaporation. Il s'est remis à lire, à regarder des films pornos, à fumer dans le salon, à jouer de la guitare et à manger des grains de maïs. Dans le lit, le corps d'Erika près du sien ne lui manque pas et il dort comme un bébé. Sauf ce soir où il tourne et vire sur le matelas. C'est une insomnie. Lente et immobile. Aux premières lueurs du jour, il saute dans son jean et sort. Il prend sa voiture et traverse la ville encore calme. Il est six heures vingt-quatre minutes quand il arrive au commissariat. Il grimpe les marches à toute vitesse et rentre dans le bureau de Field sans frapper. Field est dans son canapé et il dort encore, tout habillé. Nathan s'arrête, fait l'effort de se contenir pour ne pas crier, se rapproche de Field et tente de le réveiller en prononçant son nom, en pressant sa main sur son épaule. Field se met à ronfler plus fort, racle sa gorge, cligne ses paupières puis s'assied parfaitement droit et demande :

— Je peux savoir ce qu'il t'arrive pour que tu viennes me réveiller ici ?

— Je n'ai pas dormi de la nuit.

— Alors tu t'es dit que t'allais pourrir la mienne...

— Il est six heures passées... La nuit est terminée.

— Oui, sauf que je me suis couché à trois heures du mat' pour boucler un dossier, donc j'aurais bien gratté une heure ou deux de plus ce matin.

Nathan ne s'excuse pas et tourne en rond dans le bureau en attendant que Field émerge. Il s'avance vers la machine à café.

— Elle est toute neuve et elle déconne, l'informe Field. Faut que t'ailles à la machine au premier. Tu me prendras un café long sans sucre.

Lorsque Nathan revient, Field est derrière son bureau et fume sa première cigarette. Nathan lui donne son café et reste debout en face de lui.

— Bon gamin, tu me dis ce qui se passe ?

— Rien. Il ne se passe rien justement. Et je crois que ça commence à me rendre fou.

— De quoi tu parles ?

— Ma mère...

Field avale sa gorgée de travers, il ne s'attendait pas à ce que Nathan revienne là-dessus, il le sentait mieux depuis quelque temps, prêt à tourner la page, à faire sa vie. Nathan poursuit :

— Ma mère n'a pas pu se volatiliser du jour au lendemain. Vivante ou morte, elle est forcément quelque part. Elle avait un corps. Il faut retrouver son corps. J'ai besoin de son corps quel que soit son état, même si je ne le reconnais pas, je…

Field qui sent que la voix de Nathan commence à se briser enchaîne :

— Je comprends. Assieds-toi.

Nathan ne s'assied pas.

— Assieds-toi s'il te plaît.

Nathan s'assied à contrecœur sur le bout de sa chaise.

Field boit sa tasse de café cul sec, tire sur sa clope jusqu'au filtre, l'écrase dans le tas de mégots et plante ses yeux dans ceux de Nathan. Il comprend bien cette colère, il avait la même il y a peu. Étrangement, il ne la porte plus, depuis que Nathan et lui se sont rapprochés. C'est comme s'il avait enfin baissé les armes. Field est concentré et il pose sa voix avec application :

— Depuis la disparition de ta mère, pendant toutes ces années, je me suis obstiné. Acharné. J'ai lu et relu tous les rapports, j'ai interrogé à de nombreuses reprises les rares témoins, je suis allé des centaines de fois près de ce lac, sur ce bout de plage, j'ai posé un tas d'hypothèses, j'ai cru à des choses invraisemblables pour me rassurer, mais… hélas… je n'ai pas avancé. Car il n'y a rien, pas de piste, de preuve qui puisse nous orienter. Et je pense pouvoir te dire que le corps de ta mère tu ne le reverras sûrement plus car… il n'existe plus. J'ai bien peur qu'elle ne soit jamais sortie de ce lac.

Field s'arrête de parler et bloque sa respiration. Jamais il n'avait osé poser ces mots-là. Il se tait et attend les foudres de Nathan, sa rage de fils. Nathan ne répond pas tout de suite, il reste prostré quelques minutes puis murmure :

— L'absence de preuve n'est pas preuve de l'absence. J'ai lu ça hier soir, cette phrase m'a obsédé toute la nuit et c'est pour ça que je suis là ce matin. Tant que je n'aurai pas la preuve que ma mère n'existe plus, je croirai encore à son existence. J'ai besoin qu'on me prouve qu'elle est restée sous l'eau.

Field connaît ce principe et adhère complètement même s'il sait qu'il ne pourra pas aller plus loin. Mais il souhaite préserver Nathan et l'accompagner dans son cheminement pour qu'enfin, espère-t-il, il fasse son deuil.

— Nathan, j'entends ce que tu me dis. Je vais tout reprendre à zéro encore une fois, tout repasser au peigne fin, tenter de nouvelles hypothèses et interroger encore les quelques témoins. J'espère trouver enfin la preuve qui nous permettra d'avancer. Mais si ce n'est pas le cas, il faudra que tu tournes la page, que nous tournions la page.

Nathan écoute sans rien dire. Sans bouger. Field commence à faire un peu d'ordre sur son bureau et demande :

— Il y a autre chose, Nathan ?

— Oui. Parle-moi de mon père.

TESS

Tess a donné son identité et sa mémoire à l'aveugle.

Elle n'est plus personne. Nobody.

Elle a paniqué un instant. Et l'aveugle lui a tendu la carte du Fou. Et lui a parlé du Mat, le Fou, dans le tarot. Il est libre et n'est pas attaché à des pensées, au langage, aux sentiments, aux désirs, aux besoins. Il est conscient de la bête en lui qu'il laisse cheminer à ses côtés sur la route de l'éveil. Il est insaisissable et a la possibilité de devenir qui il veut.

Elle est maintenant un être libre avec le Mat contre son cœur.

Elle a pris une première ruelle. Puis une deuxième. Dans le dédale des rues, ses talons sur le béton. Les voitures et les piétons. Les coins et les avenues. Les vitrines et les bancs. Les vélos et les chiens. Et la nuit de moins en moins noire. Et une grande avenue, sans carrefour, droite, profonde. Elle avance et il y a de moins en moins de voitures, de piétons, de coins, d'avenues, de vitrines, de bancs, de vélos, de chiens, de noir. Elle avance et il n'y a plus d'avenue. Elle avance et il n'y a plus d'étoiles. Elle avance et il n'y a plus de bitume. Des cailloux maintenant sous ses talons.

Elle avance sur le chemin, dans ce couloir au milieu des grands arbres. Des sapins gigantesques. Au-dessus d'elle, la nuit délavée et l'aube naissante. Face à elle, un lac.

Le lac fume à cause du froid. Sa bouche à elle fume à cause du froid. Les rives sont blanches à cause du froid. Elle regarde cette eau sombre, ce ciel presque clair, ce cercle vert autour du cercle d'eau, ce soleil derrière la forêt, et se déshabille. Elle ôte son manteau noir qui tombe sur l'herbe givrée, sa robe rouge qui tombe sur son manteau noir, son soutien-gorge qui tombe sur sa robe rouge, sa culotte qui tombe sur son soutien-gorge. Et ses talons qui restent dans la terre humide.

Elle fait quelques pas et se présente nue au petit matin. Le Mat dans sa main droite, la gauche contre son cœur, elle marche vers le centre du lac.

EMMA

Septembre 1997

Ce matin Marc frappe encore. Mais pas Emma.

Marc frappe Rose.

Rose vient de renverser son bol de lait. Marc lui donne une tape derrière la tête. Pas une gifle ou un coup de poing mais une tape. Rien de terrifiant en soi. Sauf que pour Emma cette tape de Marc sur la toute petite tête de sa fille est effroyable. Et qu'elle la fait disjoncter. Emma oublie la poupée et laisse jaillir la louve qui bondit de sa chaise, attrape le couteau et le brandit à la face du bourreau. Aucun son ne sort de sa bouche. Seuls ses yeux expriment sa rage. Marc ne bronche pas, ne montre aucune émotion. Il est insensible aux menaces d'Emma. Il ne voit pas la louve mais la poupée. Ne voit pas le couteau mais la main qui tremble. Ne voit pas la rage mais la peur derrière. Tout reste figé quelques secondes. Nathan dans sa chaise haute, Rose sur son tabouret et Emma menaçant Marc. Puis Nathan se met à pleurer. Puis Rose se met à pleurer. Et Emma craque. Elle lâche le couteau qui éventre le sol et attend la sentence. Marc se lève tout doucement et Emma, terrorisée, se blottit dans ses bras et le serre fort. Marc la serre fort puis relâche son étreinte et sort. Emma relève la tête, regarde ses enfants et leurs yeux rouges puis court jusqu'aux toilettes vomir sa peur et sa rage.

Emma est agrippée au caddie qu'elle pousse dans les rayons. Elle s'agrippe à tout en ce moment. C'est un réflexe pour prévenir la chute. Elle a le vide sous ses pieds. C'est abyssal et elle sent que ce n'est qu'une question d'heures avant qu'elle ne bascule vers les profondeurs. Alors elle s'agrippe au volant, aux poignets, à ses enfants, aux fourchettes, aux caddies. Marc est sur le côté et remplit le chariot. Puis ils passent à la caisse. Emma lui demande de faire une pause au photomaton, il lui faut des photos pour renouveler sa carte d'identité. Marc n'est pas d'humeur mais s'arrête devant la cabine. Emma se presse. Aller le plus vite possible pour que l'ogre ne sorte pas de sa tanière. Emma met les pièces, règle le tabouret, appuie sur les boutons. Marc s'impatiente. Il commence à râler. Elle garde le cap et tente de se concentrer sur la voix qui lui donne des consignes. Mais la fièvre de Marc monte rapidement. Et il commence à crier. À lui dire que ça ne sert à rien qu'elle se recoiffe puisque de toute façon elle est moche. Qu'il faudrait d'ailleurs qu'elle commence à prendre soin d'elle si elle ne veut pas qu'il la mette dehors. Il n'arrête pas de dégueuler ses grossièretés. Emma s'agrippe à la voix dans l'appareil. Marc hurle de plus en plus fort. Emma s'agrippe aux flashs qui l'éblouissent. Il gueule encore. Le dernier flash et Emma se dépêche de tirer le rideau et de sortir de la cabine. Elle voit les gens autour qui les dévisagent. Elle baisse les yeux, s'agrippe aux photos encore blanches puis le suit en silence jusqu'à la voiture.

Marc est au volant et roule vite à cause d'elle parce qu'elle l'a énervé. Emma ne parle pas et regarde les photos.

Elle ne se reconnaît pas. Dans sa tête, des mots se mettent à tourner à une vitesse folle, prenant toute la place.

Plus d'issue. Mourir. Je meurs. Tu meurs. Il meurt. Je meurs. Il meurt. Je meurs. Il meurt. Il meurt. Il meurt.

Tuer. Le tuer. Tuer et se sauver. Tuer et se sauver.

***T**uer **E**t **S**e **S**auver.*

***E**t*

***S**e*

***S**auver*

Emma sent des larmes qui dégoulinent sur ses joues et s'agrippe à un stylo. Elle prend la bande photographique, la tourne et écrit au verso : TESS. TESS. TESS.

— T'as écrit quoi ?

Elle lui montre.

— N'importe quoi, c'est qui Tess ? crache-t-il en lui arrachant les photos des mains et en les enfournant dans la poche de son manteau noir.

Emma ne répond pas mais sait que TESS n'est pas un prénom mais la formule magique qui les libérera du monstre.

DAVID

Micheline et David sont installés dans le jardin. Ils boivent un thé glacé sous la glycine. Ils parlent de tout et de rien, de Maya qui veut un bébé chien pour l'emmener avec elle dans le bois, des pins envahis par les chenilles processionnaires, de l'épicerie qui va bientôt changer de propriétaire, des œuvres de Claire, du nouveau muret devant la mairie. Puis David dit sans préambule :

— Mimi, je vais reprendre la route. J'aide Éric à terminer la grange et je repars.

Mimi ne répond pas. Elle pince ses lèvres, fronce les sourcils sans s'en rendre compte et ressert un peu de thé glacé à chacun. Elle sent son cœur qui se pince même si elle sait que c'est mieux ainsi. Qu'il est temps pour David de vivre sa vie.

David termine son verre d'une traite et demande :

— Où est enterré le frère d'Éric ?

— Pourquoi tu veux savoir ça ?

— Je ne sais pas trop. Ce Captain m'intrigue.

— Il est enterré à Meyra. À sa mort, Éric a absolument voulu le faire inhumer ici, sûrement pour tenter de réparer tout ça, pour avoir un semblant de famille. Même sous terre…

— Tu m'y emmènes ?

Mimi ne répond pas et observe David. Elle est perturbée par cette question. Elle sent que David lui échappe. Il n'est pas celui qu'elle croyait. Et n'est pas homosexuel non plus. Elle en est sûre. C'est autre chose.

Mimi se lève. David la suit. Ils font quelques mètres dans les rues du village. David respire fort et regarde les vêtements multicolores qui sèchent sur les cordes à linge. Il aime cet endroit. Il aime cette montagne. Grâce à elle, il va pouvoir repartir. Mimi pousse le petit portail qui grince. Elle passe la première allée sans un regard pour les tombes, prend à droite après le cyprès, fait encore quelques pas puis s'arrête. C'est là.

Sur la stèle, des noms et des dates :
Lucien Prevost 1914-1962
Rose Prevost 1916-1984
Martine Prevost 1938-2013
Maurice Prevost 1937-1999
Et sur la dernière ligne :
Marc Prevost 1957-1997

David, à la lecture de cette empreinte, se sent pris d'un vertige. Il pose sa main sur l'épaule de Mimi pour qu'elle le soutienne. Mimi ne comprend pas ce qui se passe mais le soutient quand même.

Le prénom de Captain. Marc. C'est une décharge qui traverse David, même si ce n'est pas une surprise, même s'il réalise maintenant qu'il le savait. Et que c'est d'ailleurs pour cela qu'il est venu se perdre au bout de cette route. Tout était au fond de lui, camouflé par une chape opaque. Rose… Rose aussi lui apparaît clairement. Tout était là. En lui. Et aujourd'hui, face à ces noms gravés dans la pierre, à ces dates parfaitement dessinées, le brouillard se lève.

NATHAN

— Parle-moi de mon père.

Field savait qu'un jour cette demande légitime de Nathan referait surface.

Field se lève et verrouille la porte. Il appelle le standard et demande à ne pas être sollicité de la matinée. Il est l'heure du café et des croissants mais Field s'en moque. C'est surtout l'heure de vérité. Alors il ouvre le grand tiroir de son bureau et sort une bouteille de Don Papa et deux verres. Nathan prend la bouteille pour observer son étiquette.

— C'est un rhum philippin, explique Field. Le mec sur le dessin c'est Papa Isio, contremaître dans une plantation sucrière mais surtout guérisseur, chaman, visionnaire et révolutionnaire. Il était surnommé le lion de Kanlaon. Il a de la gueule, hein ?

— Carrément et j'adore ce design. Et puis ces animaux...

Sur l'étiquette, le portrait de Papa Isio, coiffé d'un gecko avec sa queue en guise de monocle, un tarsier dans le col, deux escargots sur la chemise et une limace comme moustache. Et, près de lui, une bête étrange ressemblant à un tapir.

— Tu sais que le tapir a un chibre énorme ? s'amuse Field. J'ai vu ça à la télé une nuit où j'arrivais pas à dormir, un reportage sur la sexualité des animaux. Son sexe est immense. Vraiment. Il faut le voir pour le croire. Il m'a donné quelques complexes, je peux te le dire !

Nathan repose la bouteille sur le bureau en souriant. Field s'en empare et remplit les verres.

Les deux hommes se calent au fond de leurs sièges et boivent deux gorgées en silence. À la troisième, Field se racle la gorge et se lance.

— Bon...

Il se racle encore la gorge.

— Ton père...

Encore cette gorge.

— En fait, je dois commencer par ta mère.

Et Field se lance. Enfin. Le premier mot entraîne le deuxième qui dénoue le troisième, rassure le quatrième, stimule le cinquième et libère toute la chaîne. Cette ribambelle immense et entortillée, patiente, entassée dans un coin de son corps. De son ventre, de son cerveau, de son cœur, peu importe, elle gisait là. Éteinte. Ratatinée. Souffrante. Nécrosée. Dans l'attente d'être ranimée. Qu'un souffle vienne lui insuffler une voix pour dire. Et c'est maintenant entre la mélasse et les raclements de gorge, entre la peur et le soulagement. Maintenant. Et Field raconte.

Son enfance avec Emma. Sa maison près de la sienne. Leurs mères étranges qui fumaient sans les voir, assises dans leurs chaises fissurées. Le chien d'Emma qui s'appelait Croquette et qui puait de la gueule. Leur premier baiser en maternelle. Leur cabane. Les malabars qu'ils enfournaient dans leurs bouches pour faire la plus grosse bulle du monde. Les bulles qui finissaient éclatées sur leurs figures et qui faisaient comme des toiles d'araignées noires, à cause de la crasse, et gluantes sur leurs peaux. Les tonnes de pâte à modeler qu'ils mélangeaient pour faire le plus gros ver de terre en pâte à modeler du monde. Tous les trucs qu'ils faisaient pour être le plus grand, le plus gros, le plus incroyable du monde pour réaliser leurs rêves, voir leurs noms dans le Guinness des records entre Monsieur Mangetout et l'homme à la plus longue langue du monde. Leurs balades nocturnes pour observer les animaux dans leur sommeil. Les pleurs d'Emma qui cherchait partout les bras et l'attention de ses parents. Les épinards qu'Emma détestait. Leurs fugues sous la lune pour la voir en croissant, en quartier, pleine. Leurs virées en mobylette. Les pleurs d'Emma encore, hurlant : « Je leur passe au travers putain ! Ils ne me voient pas ! » Leurs premières cuites près de la rivière avec les fonds de bouteilles du buffet de la grand-mère. Leur deuxième baiser le soir de la fête de la musique au lycée. Un baiser que Field a fait tout seul parce qu'elle l'avait repoussé en disant : « Mais qu'est-ce qui te prend Martin ? »

Martin. Ce prénom, c'est étrange pour Nathan qui ne l'a jamais appelé ainsi. Nathan écoute Field continuer de dérouler le fil de l'histoire et tente de faire un collage inédit. Mettre un prénom à ce nom. Martin Field. Il répète cette combinaison nouvelle dans sa tête. Martin Field. Martin Field.

Nathan récolte toutes ces informations et tente de les assembler. Un nouveau portrait de sa mère se dessine, une nouvelle image de sa grand-mère aussi. Celle qui les a élevés, sa sœur et lui, ne ressemble pas aux dires de Field. Elle n'est pas très câline, certes, mais a été très présente pour eux. Peut-être par seul souci de rédemption...

Et Field, Martin… Amoureux de sa mère depuis le bac à sable. Ami, compère, confident protecteur.

— Et puis, il y a ce fameux été, où la fête foraine est venue pour la première fois en ville. Ils l'avaient installée près de la grande plage. C'était magnifique toutes ces lumières qui scintillaient, ces cris d'euphorie, ce parfum de churros. Les baraques sont restées trois semaines en place et ta mère y allait tous les soirs, complètement sous le charme des guirlandes et des manèges. C'est là qu'elle a rencontré Marc.

Field fait une pause. Son émotion déborde de toutes parts. Ses yeux clignotent, ses mains tremblent, sa bouche esquisse d'étranges grimaces et sa peau brille. Il se sert un verre de Don Papa qu'il boit comme un verre d'eau. Il enchaîne les gorgées sans sourciller et repose le verre. Puis s'allume une cigarette. Nathan ne dit rien et baisse les yeux. Il essaie d'intégrer toutes les pièces du puzzle mais ce n'est pas facile car il lui faut détruire celui qu'il avait mis tant d'années à assembler, caser ces nouvelles pièces, les intervertir avec d'autres, en faire disparaître certaines. Et tout ça le rend nerveux.

Field repose son verre. Nathan relève les yeux. Et les mots reprennent le cours de l'histoire. Au pied d'une Grande Roue qui embarque les gens vers le ciel leur promettant liberté et merveilles. Promesse. Field articule ses syllabes avec mépris. Promesse. Il répète. Son visage est tout raide à présent, comme le reste de son corps qui se tient droit dans le fauteuil. Il débite les mots pour s'en débarrasser. Il lui parle des yeux remplis de paillettes d'Emma, son aménagement rapide avec Marc, son plongeon avec lui l'éloignant du reste du monde.

— Elle était si belle, dit Field les dents serrées.

Field se ressert un fond de rhum et tente de raconter Marc. Mais il a du mal à trouver les phrases. Un homme plus âgé, charismatique, séduisant, plutôt sympathique à première vue. Ils ont fait quelques trucs ensemble mais ne sont jamais devenus amis. Impossible car Marc dégageait un truc étrange qui insupportait Field. Et surtout parce qu'il y avait Emma entre eux. Emma qui s'est, petit à petit, complètement laissé embarquer par l'homme de la Grande Roue. Field décrit leur fougue du début, romantique et féerique, puis la mécanique terrible qui s'est installée, empoisonnant complètement Emma et l'entraînant dans un quotidien de cauchemar.

— Qu'est-ce que je peux m'en vouloir maintenant ! hurle Field sans s'en rendre compte. D'avoir cru ta mère qui minimisait tout, qui me rassurait en me disant que ce n'était rien.

Field marque une pause, prend une grande inspiration et poursuit :

— Nathan, ton père battait ta mère. Ton père était un homme violent. Je ne sais quasiment rien de ce qu'Emma a subi. Elle a tout supporté seule, a tout caché. Mais l'issue dramatique de leur histoire révèle à elle seule la violence de toutes ces années. Et c'est pour ça que je ne trouve plus le sommeil. Tous ses coups qu'elle a dû encaisser, toute cette souffrance qui l'habitait, toute sa vie qui s'effritait... Jusqu'à sa disparition.

Un silence. Un long silence. Puis cette question que Nathan laisse surgir, cette question qui a mis tant d'années à se construire :

— Tu penses que c'est elle qui a tué mon père ?

Et cette réponse :

— C'est une certitude, Nathan.

TESS

C'est ici, au cœur de l'eau, que le corps peut être lavé.

Tout ce qui est sur la peau.

Tout ce qui est sur la peau peut être dissous. Les particules fines, les poussières plus denses, les marques noires, les cicatrices profondes et les taches encore plus sombres. L'eau les touche, les adoucit, les désagrège. Pour qu'il ne reste rien. Disparition.

Tout ce qui est sous la peau.

Tout ce qui est sous la peau ne peut être dissous. Car sous la chair et les os, il y a l'âme qui respire, indestructible. Jusque-là elle était négligée car l'enveloppe prenait trop de place. Le corps et le visage d'abord, première couche en contact avec le monde. Puis le cerveau pour tenter de comprendre, de le comprendre, ce monde. Tout ça prenait beaucoup de place. Mais l'eau du lac, dense, translucide, les a enveloppés puis caressés, puis grignotés, pour qu'il ne reste plus rien de ce corps et de ce cerveau d'avant. Pour qu'après l'eau il n'y ait plus que l'âme.

Diane Peylin

Sous l’eau il y a de la vase par endroits, des algues qui dansent, des poissons, des anodontes, des écrevisses, des grenouilles et parfois, sous l’eau, il y a des femmes qui nagent comme des poissons. Et qui s’en vont.

EMMA

5 décembre 1997

Marc rentre plus tôt que d'habitude. Il va dans la cuisine, boit une rasade de Coca à la bouteille, mange un morceau de fromage, ouvre le lave-vaisselle pour vérifier qu'il soit bien vidé, et lui dit : « Prépare-toi, on va dîner chez les Foubert. » Mme Brechon le suit et récupère les enfants. Emma embrasse Rose sur la joue et Nathan sur le front et ils s'en vont. Elle va dans la chambre s'habiller. Elle tremble en fouillant parmi les cintres, elle sait que quoi qu'elle choisisse ça n'ira pas. Elle met sa robe rouge, passe à la salle de bains pour se coiffer et se maquiller, se parfume et le rejoint dans le salon. Ça ne va pas.

— Espèce de pute ! Tu t'es regardée ?! Ta robe au ras du cul, ta bouche dégueulasse, c'est quoi tout ce rouge ?!

Il s'approche et passe sa main sur ses lèvres, étalant le rouge sur les commissures, les joues.

— Eh bien voilà ma poupée, c'est beaucoup mieux comme ça !

Il l'attrape par le bras avec force. Emma verrouille sa mâchoire pour ne pas gémir de douleur. Alors, comme elle ne couine pas, il serre plus fort. Puis il lui donne une tape derrière la tête. Une gifle. Une autre. Et un coup de poing. Deux. Trois. Un coup de genou dans les cuisses. Et un autre. Une fois sa poupée à terre, il lui crache dessus. Il va s'asseoir dans le canapé et allume la télévision pour se calmer. Emma reste un moment immobile sur le sol. Elle a le goût du sang dans la bouche. Elle a mal mais ne dit toujours rien. Elle tente de retrouver son souffle, le retrouve, tente de retrouver ses forces, les retrouve, et se lève. Il ne la voit pas, trop occupé à chasser les démons qui l'envahissent à cause d'elle. Emma boite jusqu'à la cuisine. Sa marche est déterminée malgré sa jambe qui traîne. Son regard est vide. Ses mains agiles. Elle ouvre un tiroir, prend le couteau pour couper le gigot, celui que Marc ne veut pas qu'elle utilise parce que c'est son couteau, le regarde briller et retourne dans le salon. Marc ne la voit toujours pas car il y a trop de démons. Alors elle se rapproche. Se rapproche encore. Et plante la lame du couteau à viande dans la poitrine de Marc. Elle la ressort et la plante à nouveau. Recommence. Dans le ventre. Recommence. Quand il n'y a plus un seul démon dans la pièce, Emma s'arrête. Marc tombe doucement sur les coussins du canapé. Emma lâche le couteau qui rejoint le tapis, fait quelques pas en arrière, attrape le manteau de Marc, l'enfile et sort.

DAVID

Du cimetière, Mimi a dû raccompagner David jusqu'à sa chambre. Il était chancelant et blême. Il s'est allongé et elle lui a massé le visage avec de l'huile essentielle de menthe poivrée. C'est là qu'elle a compris. En posant ses mains sur sa peau. Elle a compris avant lui. Il s'est endormi et elle est partie.

À deux heures du matin, David se réveille en hurlant. Des douleurs sous le crâne, dans la poitrine, le bas-ventre, les jambes. Des décharges électriques et des contractions. Des vertiges et des crampes. Des sueurs froides et des courants brûlants. Il ne parvient pas à ouvrir les yeux et se débat dans cette bulle asphyxiante. Il fait de grands gestes, se laisse emporter par des spasmes, pousse des cris graves et aigus, tape ses os contre le mur, claque des dents, se noie sous les draps. Se noie. Les draps sont trempés. Inondés. Ce n'est plus un lit. Plus une chambre. Il n'y a plus d'air. Mais de l'eau. Partout. Et il se noie.

La lumière du matin traverse les voiles qui habillent les fenêtres. L'air est sec, la pièce est sèche, le corps dans le lit respire, sec lui aussi.

Le corps s'étire tranquillement, comme un chat. Il froisse les draps, les caresse, les repousse et se redresse. Il pose les pieds sur le sol chaud. Et se redresse. Il marche vers la fenêtre et ouvre en grand les volets. Il reçoit les rayons du soleil sur sa peau, ferme les yeux et savoure le rouge sous ses paupières. Il reste un moment ainsi. Nu et immobile. Laissant le soleil dessiner ses contours. Puis il marche vers la salle de bains. Reste un moment sous la douche. Nu et immobile. Laissant l'eau dessiner ses contours. Puis il marche vers le miroir. Et il se voit. Elle se voit.

Elle se voit. Elle.

Elle observe son reflet. Elle. Elle reconnaît ses traits. Elle rencontre ses yeux. Elle embrasse sa bouche. Et se met à pleurer. Ce sont des sanglots sans larmes et des larmes sans sanglots. C'est un flot qui libère. Elle s'observe encore et se met à sourire. À rire. Elle ausculte ses rides et ses cheveux courts. Elle regarde ses mains, soupèse ses seins, découvre son pubis.

Dans le miroir, des portraits d'elle défilent. D'autres. Ces autres qu'elle a été. Une poupée rousse. Puis une femme en robe rouge et manteau noir. Un homme aux lunettes sombres. Une blonde à la peau diaphane. Une quarantenaire aux cheveux courts et aux boucles d'oreilles bleues. Une autre avec un foulard bariolé dans ses boucles colorées au henné. Et pour finir, un homme aux cheveux courts et grisonnants qu'elle a appelé David. David Bresson. Ce prénom gribouillé sur un post-it qu'elle avait lu le soir de son arrivée sur la table de Mimi. David Bresson. Cet homme qu'ils attendaient et qu'ils voulaient qu'elle soit. Parce que ça les arrangeait. Parce qu'elle aussi ça l'arrangeait. Son identité à lui pour retrouver son identité à elle.

Elle ne sourit plus et fait un pas en arrière, dépassée par toutes ces images d'elle. Elle se demande si elle a eu d'autres visages, d'autres prénoms, combien. Elle pose ses mains sur le lavabo, souffle, passe sa tête sous l'eau, souffle, sourit à nouveau et se dit que cela n'a plus d'importance.

Elle attrape le sac à dos qu'elle avait fourré sous le lit et cherche et fouille et trouve, cachées dans la poche intérieure, des photos et une carte. Elle regarde les quatre photos d'elle alignées. Lorsqu'elle était poupée rousse. Elle lit en vitesse l'inscription au verso, TESS, et déchire la bande photographique en dizaines de miettes.

Elle s'habille, se coiffe et sort. Avec la carte du Mat plaquée contre son cœur.

NATHAN

Nathan déboule dans le bureau de Field.

— J'ai reçu une carte !

Ces mots sur ce papier n'ont pas de sens, sont flous, opaques, viennent d'une main dont on ne sait rien, dont on espère tout. Ce courrier est insignifiant mais c'est tout ce qu'ils ont.

L'endroit représenté sur la carte se trouve à quatre heures de route. Nathan conduit. Field fume cigarette sur cigarette.

La première heure, personne ne parle. Les yeux sont rivés sur la route et les esprits sont ailleurs. Des images d'elle remplissent l'habitacle. Elle est partout et il n'y a de place pour rien d'autre.

La deuxième heure, Nathan fume et Field tousse.

La troisième heure, Field parle, jure, pleure. Martin s'excuse auprès de Nathan, lui dit qu'il s'en veut de ne rien avoir vu, qu'il l'a laissée seule et que c'est insupportable, qu'il ne se le pardonnera jamais. Et que, quoi qu'il arrive là-bas, Nathan doit reprendre sa vie en main. Il lui dit qu'il faut qu'il avance maintenant, qu'il construise, qu'il vive. Et aussi qu'il faudrait que Rose et lui se retrouvent. Qu'il est grand temps. Qu'il peut les aider.

La quatrième heure, c'est de nouveau le silence.

Épilogue

5 juin 2016

Emma est dans les rues de Meyra. Elle va rejoindre la place mais fait un détour par le bois. Au pied d'un pin, elle s'assied. Elle passe ses mains autour de son tronc et pose sa joue sur son écorce. Et elle attend. Et la nuit revient. Cette nuit-là. Elle accueille la peur. Elle accueille la honte. Elle accueille la haine. Elle voit le *« spiderman hungry »*, sa langue dans ses yeux, sa silhouette de bourreau dans le fauteuil du salon, la lame dans le tiroir de la cuisine, la lame dans sa main, la lame dans son ventre, le sang, le manteau noir sur sa robe rouge, les trottoirs sans fin de la nuit, ses pieds dans l'eau, sa tête sous l'eau. Emma suffoque. Pousse des cris d'animaux. Baigne dans ses sueurs froides. Affronte la fièvre. Et se redresse face au tronc, observe son écorce des racines jusqu'à ses cimes, caresse ses fissures, lui demande pardon et dépose son front contre lui. Et il s'incline.

Emma est assise sur un banc, place de l'église. Elle est seule sous les platanes. Elle se souvient de ce jour de brouillard où elle est arrivée ici. La route abrupte et vertigineuse, le manque d'air et la brume obscurcissant son cerveau et métamorphosant son corps. Et ça passe. Car c'est ici que l'errance s'achève. Sur ce banc. Emma peut enfin sortir du lac.

Emma ne va pas dire au revoir à Mimi et sa tribu. Elle n'en a pas la force. Pas maintenant. Elle va leur écrire une lettre pour leur raconter l'histoire de l'ogre et de la poupée, leur parler de Rose et Nathan et tenter de leur expliquer qu'elle avait besoin de venir ici pour se retrouver.

Emma se relève, marche vers sa voiture et s'arrête. Face à elle, deux hommes. Son fils et son ami de toujours. Nathan et Martin. Ils s'approchent d'elle, ne peuvent dire un mot, Nathan est le premier qui la serre. L'étreinte dure de nombreuses minutes. Martin les contemple et sent tout son corps qui se détend enfin. Les nœuds qui le paralysaient depuis tant d'années se dénouent et libèrent le sang qui palpite à nouveau. Son cœur peut se remettre à battre.

Nathan touche, respire, caresse le corps de sa mère. Il ne se souvient pas d'elle, pourtant il la reconnaît. Il finit par relâcher son étreinte pour laisser la place à Field. Emma regarde Martin dans les yeux, lui prend les mains et les serre de toutes ses forces.

Ils sont maintenant trois dans la voiture qui descend la route sinueuse. Les montagnes s'éloignent et deviennent de plus en plus petites. À la faveur des plaines. Nathan conduit. Martin s'est endormi. Après des années de lutte, il peut enfin se reposer. Emma, assise à l'arrière, a la tête contre la vitre et regarde le monde qui défile.

Les murets, les ponts, les falaises, les arbres, les tunnels, les maisons, les églises, les rivières… Emma est là. Elle est ici. Elle est partout.

La Grande Roue

Le jour s'en va. La nuit se lève. La voiture traverse une ville illuminée. Sur la place, une Grande Roue. Qui tourne.

Chaque année, en France,
216 000 femmes âgées de 18 à 75 ans
sont maltraitées par leur partenaire.
Il s'agit d'une estimation minimale.

En France, tous les trois jours, une femme meurt à cause de violences conjugales.

3919

Numéro d'écoute national destiné aux femmes victimes, à leur entourage et aux professionnels concernés. Appel anonyme et gratuit 7 jours sur 7, de 9 h à 22 h du lundi au vendredi et de 9 h à 18 h les samedis, dimanches et jours fériés.

Remerciements

Merci à Caroline Laurent, ma très chère éditrice.

Elle est là, à mes côtés, depuis de nombreuses années. Elle sait lire mes mots. Les aime. Les rature pour les rendre encore plus libres.

J'ai le grand bonheur de broder mes livres avec elle. Échange de pages, d'émotions, de signes dans les marges, de confiance, de battements de cœur.

Et c'est une chance. Car sans Caroline *La Grande Roue* n'aurait peut-être jamais existé.

La musique des mots

Armand Amar
Ludovico Einaudi
After Marianne
Philip Glass
Bernard Herrmann
Ibrahim Maalouf
Max Richter
Yann Tiersen